刹那の街角

香納諒一

角川文庫 13487

目次

エールを贈れ

1

徹夜明け。

皮膚が火照《ほて》り、躰《からだ》の芯《しん》には硬く冷えたしこりが淀《よど》む。

そんな感じに慣れはじめたのは、交番勤務の二年目からだ。それでもまだ、交番のころは、三交代体制で仕事にのぞめばよかった。鉛のような躰を引きずり、さらに捜査をつづけねばならない習慣を身につけたのは、警視庁捜査一課に配属されてからの話だった。

堀江《ほりえ》刑事はいま、徹夜の張りこみから解放されて休む間もなく、本庁《オモヤ》への道を急いでいた。交代で現れた先輩の轟《とどろき》刑事を通じて、至急もどれという中本《なかもと》係長からの伝言を聞いたからである。

張りこみ先は、神保《じんぼう》町の裏手を走る路地だった。午前九時半。表通りへ出ると、通勤の波はひとまず引けた時刻で、街は落ち着きを取りもどしはじめている。地下鉄の駅へ急ぐ堀江は、色のついた模造紙や紙テープなどで飾りたてられた、明治大学の校舎にふと目を止めた。

文化の日が近い。

学園祭の季節だ。

煙の向こうから中本の親爺《おやじ》が堀江を見て、渋い表情のまま右手の応接椅子を顎《あご》で指しめした。灰皿でたばこを揉《も》み消すと、トレード・マークともいえる扇子を取りだして、自分の頬を扇《あお》ぎながら腰を上げた。

「どうだい、何か動きはあったか?」

堀江のほうに灰皿を勧め、新しいたばこに火をともしながら訊《き》いてきた。

堀江はたばこを喫わない。禁煙中というわけではなく、大学時代から喫わなかった。当時、たばこは肺活量が落ちるといわれ、コーチから厳重に禁止されていた。

親爺の問いは、いうまでもなく張りこみ中の事件《ヤマ》のことだった。神保町のワンルーム・マンションに、中本班の刑事たちが張りついて三日目になる。刑事たちの狙いは、そのマンションの二階に住む、都内のある大学に在籍する女子学生だった。

事件は四日まえの夕方に起こった。被害者も、加害者も学生であった。彼女を取りあった挙げ句に、一方が一方を殴って死にいたらしめた。ヤクザの三下あたりが起こしそうな、三角関係がもつれた結果の傷害致死事件だ。それが、大学生だったために、事件翌日の新聞に大きく書きたてられた。容疑者の立ちまわりそうな先は、山形県にある実家も友人縁故関係もすべて手配済みだ。網にかかるのは、時間の問題のはずである。本庁の捜査一課が出ばったのは、女子学生が、政界のある有力者の親戚《しんせき》筋に当たるためだった。事件の迅速な解決と以降のマスコミへの抑えを約束させられ、加えて張りこみというよりも、半ば娘のボディーガード的な役割をも担わされている。

「――いえ、なんともまだ」

堀江は口のなかに声を籠《こも》らせた。

正直いって、どこか力の入らない仕事だった。たしかに容疑者はその娘を脅しつけていた節があり、事情聴取の段階に於《お》ける、娘の怯《おび》えようはひと通りではなかった。それに、事件が起こる以前から、娘の気持ちは容疑者から被害者へと移っていたらしい。やけになった容疑者が、彼女を襲う可能性は考えられるはずだった。いまだ自首もせずに逃げまわっている男なのだ。だが、いずれにしろ、本庁《オモヤ》が盛大に出向くほどのヤマなのだろうか。地元署だけで充分ではないのか……

堀江の表情から何かを読みとったのか、親爺はにっと笑みを浮かべた。

「まあ、ホシが網にかかってくるまでの辛抱さ。俺たちゃあ、公務員なんだぜ、堀江さんよ。こういうこともあらあな」

堀江が目を上げ、弁解しようとするのを遮って、親爺はすぐに言葉を継いだ。

「それよりも、ちょいと別件なんだが、訊きてえことがあって来てもらったのさ」

上目遣いで、堀江の様子を窺《うかが》うような顔になり、ひとつゆっくりと呼吸を置いた。

「――おめえ、霧島則夫《きりしまのりお》って男を知ってるか？」

堀江はかるく瞬《まばた》きし、係長の顔を見つめかえした。

「ええ」と答え、一拍遅れてからうなずいた。親爺の口から、その名が滑りでた理由がわからなかった。

「どういう関係なんだ？」

「学生時代の友人ですが」

「親しかったのかい？」

「同じボート部でした」

中本が淡く笑みを浮かべた。

「そうか、おまえさんはフネをやってたんだったな」

「あの、霧島が何か？」

堀江の問いに、たばこを消して扇子を閉じ、左手の掌《てのひら》にぽんぽんと打ちつけはじめた。しばらく何かを測るかのように、そんな動作をつづけていたが、指先で眉《まゆ》を掻《か》きながら改めて口を開いた。

「寝てねえところにご苦労だが、霧島の聴取に立ちあってくれねえか」

「聴取ですって……」

「ああ、やっこさん、頑固に黙秘してやがるのさ」

「待ってください、親爺さん。いったい霧島が何を――」

堀江は思わず高い声をあげ、親爺の顔を睨《にら》みつけた。

中本は目をそらさなかった。

「俺も一応説明を受けたが、時間がもったいねえ、事情は片山《かたやま》係長から聞け。このヤマは、片山班の担当なんだ。俺からいっとくことはひとつだけだ。まだ取調べなんぞにゃ慣れてねえだろうが、なめられるなよ」

親爺はそこまでを一息にいうと、応接テーブル越しに躰を乗りだし、堀江のほうに顔を寄せてきた。声を潜めて、付けたした。

「——容疑者にも、片山んところの連中にもだ」

捜査一課で、殺人や強盗《タタキ》といった凶悪事件を担当する強行班は六つに分かれている。草《くさ》薙《なぎ》課長を筆頭とする捜一という組織全体から見れば、各班はそれを支えあう同僚同士だが、担当事件の手柄争いという個別のケースに於いては話が違う。各班ごとに強力なライバル意識を燃やしあう。同じ班の同僚とは鉄の結びつきが生まれるが、他班の介入は許さない。

中本班が、《中本軍団》と呼ばれるのも、そのあたりにひとつの理由があった。

堀江は無言でうなずいた。

2

被害者は、森本直子《もりもとなおこ》。年齢四十五。独身。子供もいない。

女ながら、サラリーマン金融の社長を務め、事務所は大田区蒲田《かまた》四丁目×—×。京浜急行蒲田駅のすぐ駅前にあった。首を絞められた森本直子の死体が、出勤してきた社員によって発見されたのは、昨日の朝のことである。直子は事務所の床にうつぶせで倒れていた。

事務所にも、奥の社長室にも、人の争った形跡があきらかに残されており、社長室で襲われ、出口を目指して逃げだしたが、後ろからのしかかられて首を絞められ息絶えたらしい。その想像は、鑑識によっても裏付けされた。

事務所は雑居ビルの一室だった。管理人室はあるが、通いの管理人が引きあげた夕方以降は、残業の人間が残るのみだ。だが、初動捜査の段階で、「女の悲鳴を聞いた気がする」とする証言が、残業で残っていたほかの会社の人間数名から取れた。うちの誰もが、一一〇番通報をしなかった点は責められない。悲鳴をすぐに、警察が関係するような事件、ましてや人殺しと結びつけて考えるような人間は滅多にいないのだ。

悲鳴が聞こえたとされる時刻は二十二時前後。

鑑識の割りだした死亡推定時刻もそれに重なり、犯行時刻は早くから絞りこめた。

直子の部下たちの証言によれば、昨夜は直子以外は八時ごろまでに引きあげ、残っていたのは彼女ひとりだけだったという。来客の予定はないはずだったが、部下の知らないところで直子独自の《情報網》や仕事先が存在したことを、何人かの社員が証言した。女社長は、陣頭に立って金貸しに精を出していたらしい。

容疑者の絞りこみも迅速に行なわれた。森本直子が経営する街金融会社とのあいだで、揉めている様子の債務者がすぐにリストアップされた。現場に残された指紋のなかに、半年ほどまえの暴行事件で検挙された、霧島則夫の指紋が混じっていた。霧島は、債務者のリストにも名前があった。あくまでも参考人としてではあるが、霧島を引っ張った決め手となったのは、現場に残されたガス・ライターだ。それは、霧島の持ち物で、N・Kのイニシャルが彫りこまれていた。

——以上の事実を、堀江は取調べ室に入るまえに、捜一の事件担当係長である片山警部補の口から聞かされた。取調べに際しては、はじめのうちはぽつぽつと受け答えをしていたが、そのうちに完全な黙秘を決めこみ、堀江に会いたいという以外は何ひとつ口にしなくなったらしかった。

取調べ室に向かう途中、掌がじっとりと汗ばんできた。角膜が乾き、いくぶん目がしょぼつく気がした。緊張している。それを自分でわかっているのが悔しかった。

堀江は交番勤務を三年にわたって務めたのち、籍は交番に残したまま、刑事任用課の講習一ヵ月、所轄の刑事研修一ヵ月、管区機動隊への研修などを経て、警視庁捜査一課に配属となった。去年の春のことである。捜一に配属されて二年に満たない堀江には、取調べ室での経験はほとんどない。割りあてられる任務は地取り捜査が主で、的割り捜査を任されることさえ数えるほどしかないのだ。

しかも、これから取り調べなければならない相手は、じっと黙秘を決めこんでいる、大学時代の友人なのだ。いや、友人などという、簡単な言葉ではいい表せない関係が、堀江や霧島たち、ボート部で同じ釜《かま》の飯を食った仲間たちのあいだにはあった。堀江は、霧島が、シロであることを信じたかった。

「なめられるな」

一方で、中本の親爺《おやじ》が囁《ささや》いた言葉が頭にこびり付いていた。容疑者からも、片山班からもなめられてはならない。たとえ霧島が大学時代の友人であろうと、捜査に私情を差しはさむことは、絶対に避けねばならないのだ。大きく息を吸いこんで、止め、一息に吐きだしながら取調べ室のドアをノックした。

野太い声がノックに答えた。取調べに当たっているのは、片山班の岸田《きしだ》刑事だ。捜一とマル暴のあいだを往復するこわもてのベテラン刑事《デカ》である。岸田は堀江が部屋に入ると、何もいわずに腰を上げ、霧島の向かいの椅子を明けわたしてくれた。自らは壁ぎわの椅子に退いて腰を下ろした。

脂気のない髪が、霧島則夫の額にかぶさっていた。精神力が強いとも、単に強情ともいえる顔つきは、学生時代とすこしも変わらなかった。ただ、いまは疲労の色が、顔全体に滲《にじ》んでいる。

「驚いたぜ、霧島。いったいどういうことなんだ」

堀江は立ったままで笑いかけた。舌が乾いていることに気がついた。いびつな笑顔になっている気がした。

霧島は髪を掻きあげた。

視線を上げて、堀江の胸へ、次に顔へと向けてから、まるで力尽きたようにまた机の表面に伏せた。右の白目に、血管の細い線が何本か浮きたっていた。

「霧島、おまえの望んだとおり、堀江刑事を呼んできたんだ。なんとかいえ」

岸田が叱《しか》りつけるような声を出す。霧島は、視線を動かさなかった。堀江は椅子をゆっくりと引いて、霧島の向かいにすわった。

それきり、何をどう切りだせばいいのかわからなかった。

「――いったい、何があったんだ。話してくれよ」

咳《せき》ばらいをしてから、いった。

霧島は唇を引きむすんだ顔で、岸田のほうをちらりと見やった。視線を、ゆっくりと、堀江に向けた。

「友達として聞かせてくれ、堀江。俺は、容疑者ということなのか？」

「参考に、話を聞きたいだけだ」

「そっちの刑事は、そうはいわなかった。完全に容疑者扱いだ」

「おまえがそうして黙りこくったままじゃ、疑われても仕方ないじゃないか。なあ、いったい何があったんだ。話してくれ」

「俺は誰も殺してなんぞいない。だからそう説明したんだが、すこしも信じようとはしないので、黙りこむことにしただけだ」

それだけではないはずだ。半年まえに、霧島が巻きこまれたあの暴行事件が、警察への不信感を強めたにちがいない。

――だが、ここでそれをいっても始まらないのだ。堀江は心の痛みを抑えこんだ。

「黙っていたら、やったのかと思われても仕方ないんじゃないのか」

「ひとつ訊《き》かせてくれ。おまえは俺の話を信じるか」

堀江は霧島の顔を見つめた。頑《かたく》なとさえいえる一途《いちず》な光が、その瞳《ひとみ》を深く埋めている。霧島則夫は大学を卒業したのち、家業の小さな機械工場を継いだ。霧島が生まれる以前から、両親が切りまわしてきた工場だった。〈旋盤を専門とする下請けの下請けのようなところさ〉卒業直前、そういって笑った友人には、自嘲《じちょう》的な感じは少しもなかった。

ベテラン刑事が、煙を吐きながら口を出した。岸田がたばこに火をともしたのだ。

「信じるかどうかは、おまえの話次第なんだよ。いいかい、霧島、教えといてやるが、黙秘ってのは最悪の手段なんだ。それからな、堀江刑事はおまえの友達としてここに来たんじゃない。刑事として聴取に立ちあってるんだぞ」

堀江は岸田に、自分が念を押すべきことを先にいわれた気がした。

「俺は彼女を殺したりしていない」

霧島がいい、岸田のことを顎《あご》で指した。

「そっちの刑事がいっていた犯行時刻に、俺にはアリバイってやつがある」

「どこにいたんだ」

「ホテルのロビーだ」

「いいかげんなことをいうな」岸田刑事が声を荒らげた。「ちゃんとしたアリバイがあるなら、なぜ初めから俺にいわなかった」

「あんたが俺を信じてくれる保証がない」

「バカをいえ」

「岸田さん」

堀江は思わず腰を浮かせた。「ここは私に任せていただけませんでしょうか。こいつは、私に話してるんです」

「けっ、新米がでかい口を叩《たた》くじゃねえか」

岸田が聞こえよがしに舌を鳴らした。

顔が火照《ほて》り、こめかみが左右から締めつけられた。堀江はネクタイの結び目を直したのち、すこし緩めて首の周りを楽にした。改めて、ゆっくりと尋ねた。

「どこのホテルなんだ？」

「品川プリンス」

「そこで何をしていた」

「――かみさんと、ディナーの約束があったんだ」

「夜の十時だぞ。そんな時間にか？」

「かまわねえだろ。何時だろうと」霧島は声を心持ち荒らげてから、瞳を伏せて付けたした。「借金の返済に追われ、このところ夕食はいつもそんな時間なんだ。たまには……贅《ぜい》沢《たく》をさせてやりたかったのさ……」

「――それで、かみさんとはそこで会ったのか？」

首を振った。

「それじゃあ、アリバイの証明にはならないぞ。それにな、かみさんの証言ってのは、そもそもアリバイにはならないんだ」

「証明してくれるのはかみさんじゃない。河林《かわばやし》のやつだ」

岸田の視線が堀江に動いた。

堀江は霧島に畳みかけた。「河林と会ったのか?」

「ああ、偶然出くわしたんだ。そんな調子のいいことがあるかといわれたらたまらない。だから、おまえに話したかったんだ。打ちあわせか何かで来ていたみたいで、河林のほうには男の連れがいた」

「話したのか?」

「立ち話だがな、挨拶《あいさつ》を交わした」

「河林というのは誰なんだ?」

業を煮やしたふうの岸田がいった。

「大学時代の、同じボート部にいた友人です。河林太郎《たろう》。《野上証券》に勤めています」

日本最大手の証券会社だ。

「所属部署と、それから自宅の住所はわかるか?」

「机にもどれば、アドレス帳があります――」

堀江が最後までいい終わるまえに、岸田は取調べ室を飛びだした。

慌てて腰を上げかける堀江を、霧島が腕をのばして制した。

「堀江、さっきの質問にまだ答えてないぞ。おまえ、俺を信じてくれるのか」

まっすぐに見つめる、霧島の目と出くわした。

「——俺の手で確認してやる」

堀江がそう答えるまでに、ほんのわずかな間があいた。堀江は部屋を飛びでると、岸田刑事の背中を追った。

3

午後四時。

堀江刑事は《野上証券》本社のビルの前にいた。

取調べ室で霧島の口から話を聞いてから、およそ五時間が経っている。〈縄張り違いだ。出しゃばるんじゃねえぜ〉堀江は結局、ベテランの岸田に頭から叱《しか》りつけられて引き下がるしかなかったのだ。自分の机で、たまっている事務処理を済ませるふりをしながら、岸田たち片山班の動きに目を光らせつづけた。三時ごろになって、やっと岸田を捕まえて、拝みたおすようにして状況を聞きだしたのである。

調べに出向いた岸田に対して、河林太郎は事件当夜、品川プリンスホテルに行ったことも、そこで旧友の霧島則夫と出くわした事実もないと証言していた。

「第三事業法人部の河林さんをお願いします」

　広いロビーの端に設けられた電話ブースから、堀江は友人宛に電話を入れた。刑事と名乗って、じかに受付を訪ねるのを気兼ねしたためだ。

　交換手のあと、同じ課に所属するらしい女性が出て、河林に電話を取りついでくれた。

　河林は、一、二分してやっと電話口に出た。

「久しぶりだな」

　と、堀江はいった。半ば自然に口をついた言葉だった。「元気にしてたか」

　相変わらずさと、友人はあたりさわりのない答えを返し、急《せ》いた感じでいいたした。

「悪いが、いま手が放せないんだ。ちょうどこれから会議なのさ」

「すまんな、忙しいところに」

　堀江もつられて早口になった。「じつは、ちょっと訊きたいことがあるんだ」

「もしかして、霧島のことか。俺も驚いてるんだ。昼過ぎに刑事が来た。いったい、やつはどうなっちまってるんだ？」

「少しでいいんだ。時間をくれないか。会議が終わるのを待ってるよ」

「待ってるって、おまえ――」

　会社のロビーにいることを告げると、河林はしばらく沈黙した。

「――事情はよくわからないが、俺には霧島を助けることはできないと思うぞ」

「ホテルでやつに会わなかったのか？」

「ああ、会ってない。堀江、ほんとにすまんが、もう会議が始まっちまうんだ」

「正面玄関を出た真向かいに喫茶店があるだろ。あそこで待ってる。終わったら来てくれ」

堀江は慌てて告げた。河林が、電話を切りたがっているのがわかったからだ。

「――何時になるかわからんぞ」

「かまわん」

堀江のほうから電話を切った。

正面玄関を出て、喫茶店に向かった。夜にはまた、再び神保町のワンルーム・マンション付近にもどり、先輩の轟刑事と張りこみを交代せねばならない。それが堀江に割りあてられた任務で、いましていることは任務外の行動だった。

窓辺の席に陣取ってコーヒーを頼んだ。窓硝子《ガラス》越しに、証券会社の巨大なビルが見えた。硝子の連なる高層ビルは、傾きはじめた陽射《ひざ》しを真正面から受けて、光の塊のように照り輝いていた。

いつしかうとうとしてしまったらしい。

揺り起こされて顔を上げると、河林太郎がこちらを見下ろしていた。上等なスーツ姿で、趣味のいいネクタイを締めている。

「疲れてるようだな」

微笑み、向かいに腰を下ろした。河林がウエイトレスにコーヒーを頼むのに、堀江ももう一杯追加した。

「卒業してもう六年か」

たばこを抜きだし、口に運びながら、河林はいった。

「たばこをやるようになったのか？」

堀江の言葉に、自分の手元を見下ろした。淡く、笑った。

「ストレス解消のためさ。あのころみたいに、躰《からだ》が気持ちよく疲れていれば、こんなものをやる必要もないんだろうがな」

「村上《むらかみ》先生は、絶対に許さなかったな」

堀江は恩師の名前を口にした。

ふたりはしばらく、思い出話に花を咲かせた。

河林が腕時計を覗《のぞ》きこんだ。

「来てもらったのに申し訳ないんだが、あまり時間がないんだ。さっきの話だけどな、なぜ霧島がそんな嘘をついたのか、俺にはどうもわからないな」

上着の内ポケットから、メモ用紙を抜きだした。

「これが秘書に頼んで書き写してもらった、一昨日の俺のスケジュールだ。夜はお得意回りで、新宿にいた」

堀江はメモに目を落とした。友人に秘書がついていることに、かるい驚きを感じていた。

「新宿の何という会社だ？」

「おいおい、それは勘弁してくれよ。得意先に、刑事なんぞに行かれるのは困る」

怒った口調ではなく、半ば冗談めかしていたが、堀江がさらに食いさがるとさすがに不機嫌そうな顔になった。

「おまえ、俺が嘘をついていると思ってるのか？」

「そうじゃないが、このままじゃあ、霧島は殺人犯にされちまう」

「それはおまえの仕事だろ」

「どういう意味だ」

「俺は霧島を信じてる。おまえのこともだ。おまえが無実を証明してやれるとな。ただ、残念ながら、あの夜は霧島と出くわしてはいない」

堀江は、ゆっくりとコーヒーを口に運んだ。

「太郎。おまえ、何か隠してるんじゃないのか？」

河林の表情にかげりが走った。

「妙ないいがかりはやめてくれ。おまえ、刑事になって、疑い深くなったな」

「――――」

「わかったよ」

唇に苦笑を浮かべると、河林は手帳を取りだして、さらさらと万年筆を走らせた。頁を破り、堀江に向かって差しだした。

「これが、俺があの夜会っていた得意先の人間だ」

堀江はメモの走り書きと、旧友の顔とを見比べた。メモには《東都製薬》という社名と並んで、総務部課長という肩書の名前が記されていた。

河林太郎と別れたのち、地下鉄に乗って新宿を目指した。

4

——翌朝。

徹夜でつづけた張りこみを他の刑事に引きついで本庁《オモヤ》にもどり、刑事部屋に顔を出したとたん、堀江は庄野部長刑事《しょうのデカチョウ》から手招きされた。堀江が近づくと、部長刑事は、先に立って廊下を目指した。

嫌な予感がした。お目付け役のデカ長が、人目に立たないようにサシで話そうというのにろくな用件はない。

庄野は刑事部屋を出ると、くるりと堀江を振りむいた。

「轟から聞いたぜ。おまえ、取調べに立ちあうだけじゃ事足りず、片山さんとこのヤマにちゃちゃ入れてるらしいな」

昨夜張りこみを入れ替わるときに相談したことが、轟の口から庄野に伝わったのだ。

「すいません。どうしても気になって。あの、親爺《おやじ》さんには——」

「なあに、親爺は知らぬ顔の半兵衛よ。以前に、ホシを片山の親爺に持ってかれたことがあったからな」

庄野は堀江の言葉に押しかぶせるようにいって、片目をかるくつぶって見せた。堀江の肩に手を置いて、引き寄せるようにしながら言葉を継いだ。

「それよりも、ちょこっと気になって尋ねるんだが、霧島が事件当夜に品川プリンスで出くわした河林という男は、証券会社にいるらしいな」

「ええ。ただ、河林のほうは、事件当夜、霧島と出くわした事実などはないと証言してるんです。その時刻には、《東都製薬》を訪問していたという話でして——」

「ああ、それも轟から聞いたよ。やつを恨むなよ、やっこさんなりにおまえを心配して、俺にぶちまけてきたんだからな。ところで、当然、河林の話の裏は取ったんだろうな?」

堀江は無言でうなずいた。

昨日、河林と別れたあと、堀江は《東都製薬》に回り、河林が事件当夜に会っていたという総務部の課長を訪ねた。それで裏付けは取れたものの、なんだかしっくりいかない感じが残っていた。河林が、自分と会うのを避けていたように思えたことが、胸のどこかに引っかかっていたのだ。

そんなことを、堀江は、デカ長から問われるままに話した。

庄野は顎《あご》を指先で掻《か》いた。

「——河林って男の、証券会社内の部署はわかるか?」

「はい」堀江は手帳を繰った。「第三事業法人部となっています」

「なるほどな――」

部長刑事は、ひとりごちるように呟《つぶや》きながら、今度は掌《てのひら》でゆっくりと顎を撫《な》でた。髭《ひげ》が濃いため、髭剃《そ》り跡が気になるらしい。

「おまえには悪いが、俺は霧島のヤマよりも、そっちに興味を引かれるぜ」

「どういうことです――」

「おまえの友人は、かなりのやり手ってことらしいぜ。法人本部ってのは特殊な部署で、最低でも課長代理あたりの肩書がないと入れねえはずだ。ただし、だ。以前に株がらみのヤマを扱ったことがあるんだが、事業法人部ってのは証券のなかで、いちばんうろんな輩《やから》が集まってるところさ」

「チョウさん――」

「まあ、友人のことで聞きにくい話かもしれねえが、しばらく黙って聞け。法人本部ってのは、ようするに、企業の資金調達や引受部門を担当してる部署でな。つまり、企業とべったりってわけだ。おまえもとっくに知ってるだろうが、日本の企業社会じゃ、株をめぐるインサイダー取引なんぞは日常茶飯事だ。そればかりか、連中が、上場直前の新規株やら未登録店頭株などによる売却益を、担当会社の財務担当重役あたりにばらまいていることも確かだ。いわゆる〈毒饅頭《まんじゆう》〉ってやつさ。喰《く》らわばお互い骨ぐるみってわけよ」

「すると、チョウさん」

「ああ。これはあくまでも、霧島のいってることが本当だとしたらの話だが、そいつは品川プリンスで霧島と偶然出くわしたとき、表沙汰《ざた》にはできねえやつと会ってたってことだろうぜ」

「そういえば、霧島は、河林には男の連れがいたと証言していました」

「そいつが誰かってことだが、厄介だぜ。株屋と企業のあいだには、もたれあいの構図ができあがっちまってて、なかなか立件なぞできやしねえ。二課やら地検やらが歯噛《はが》みする所以《ゆえん》だ。このところ法規制が厳しくなっちゃあいるが、それに合わせて悪事も狡猾《こうかつ》さを増すのが世の常だ。相手は企業ぐるみで隠してくるから、その河林って野郎が事件当夜そこにいたことを証明するのも、ちょっとやそっとじゃ不可能だろうぜ」

「――《東都製薬》の誰かと、品川プリンスで会ってたんでしょうか？」

「いや、それはねえと思うぜ。隠したい会社を、わざわざてめえの方から出してくるわけがねえからな。おそらく、アリバイの口裏合わせを頼んだんだろ。クスリ九層倍《くそうばい》といって、新薬開発で株価が急騰する製薬会社ってのは、ある部分株屋と一蓮托生《いちれんたくしょう》みたいなもんよ」

「――――」

「それとな、一応耳に入れといてやるが、霧島則夫がシロだとしたら、ちょっとまずいことになってるぜ。やつはおまえに、ホテルへはかみさんと食事の約束があって足を運んだとゲロったそうだな」

「――ええ」

「担当の岸田に鎌かけてみたんだが、やつは霧島のかみさんから、そんな約束なんぞなかった事実を聞きだしたぜ。霧島の野郎も、つまらねえ嘘をついたもんだ。連れあいとのあいだで、口裏を合わせる算段をしてなかったようだな。岸田の旦那《だんな》は、マル暴流のゴリ押しだから、今頃ぎゅうぎゅうと霧島を締めあげてるだろうぜ。現場に野郎のライターが落ちていたわけも、納得のいく説明がつかねえし、雲行きが読めねえって感じさ。相変わらず黙秘してるらしいしな」

堀江は一瞬、目の前が暗くなるのを感じた。なぜ霧島は、そんな単純な嘘をついたのだ。本当はいったい何のために、品川のホテルに行ったのだろうか。まさか、行ったということ自体が嘘なのか。それならばすべてが振りだしにもどる……

「チョウさん。俺はいったい、どうしたらいいんでしょう」

「情けねえ声を出すんじゃねえよ」

庄野は唇の右端を歪《ゆが》め、そこにたばこを挟むようにくわえた。

「いちばんいいのは、片山班に任せ、さっさと忘れちまうことさ。横槍《よこやり》のちゃちゃを入れるなんぞ、おまえにゃまだ早すぎるぜ。俺たちゃあ誰もがプロなんだ。もしも霧島の野郎が本ボシじゃねえなら、片山班で必ず本ボシを割りだすに決まってる。それに、神保町の学生殺しも、まだ片付いちゃいねえことを忘れるなよ」

「――しかし」

「それでもどうしても動きてえなら、覚悟を固めてかかるしかねえぜ」

「はい。処分は自分ひとりで受けます」

「莫迦野郎《ばか》。そんなことじゃねえよ。てめえが辛《つら》くなる覚悟を決めろってことだ。デカってのは、てめえの友人やら知り合いが絡んだヤマにゃあ手を出すべきじゃねえんだ」

「――――」

「今夜の張りこみはヤマさんがやってくれる。おまえは明日の朝、また引き継ぎな。とにかく徹夜明けのそんな頭じゃ、ろくな判断などできやしねえぜ。寮に帰って、ちいっとばっかし眠ることだ。俺はこれから、ちょいと二課に出向いて河林のことを耳打ちしてくるぜ」

5

堀江はデカ長の忠告を裏切り、まっすぐ寮には帰らなかった。

ロッカーに常時置いてある替えの下着を身につけると、その足で品川プリンスに飛んだ。リセプショニング・デスクはいうまでもなく、ホテル内のレストランやバーまで隈《くま》なく調べまわったが、霧島の名前も河林の名前も予約台帳から見いだすことはできなかった。従業員たちに霧島の写真を呈示して、憶《おぼ》えている人間を捜しもとめた。本当は河林の写真も見せて確かめたかったが、学生時代に写したものが、寮の部屋のどこかに眠っているだけだ。その足で、今度は新宿の《東都製薬》に向かい、昨日一度会って事情を聴取した総務部課長に面会を申しこんだ。

それからおよそ一時間後にポケベルが鳴った。


寮の自分の部屋にもどるのは二日ぶりだった。

六畳ひと間の部屋である。シャワーも流しも共有で、部屋には備えつけのベッドがひとつと、壁に作りつけられた机、それに自分で買った本棚と冷蔵庫があるだけだった。押入れが、洋服掛けと物入れの役目を果たしている。家賃が民間アパートよりも格段に安いことと、朝夕の賄いがついているのがメリットだったが、刑事課勤務の堀江たちが、寮で夕食を摂ることはほとんどなかった。

シャワーを浴びてから、お湯を沸かして紅茶を淹《い》れ、マヨネーズをつけた食パンに冷蔵庫のソーセージを挟んで遅い昼食にした。朝からまだ、何も食べていなかった。一昨日から、丸四十八時間近く眠っていない計算になる。買い置いて数日が経つパンはぱさぱさしてまずく、紅茶で喉《のど》の奥へ流しこまねばならなかった。腹がもたれ、食べるそばから胃が固くなる。

躰《からだ》の奥底に不快感が巣食っていた。

「どういうことなんだ、堀江。説明しろよ。なぜ俺の周りを探っているんだ！」

すごい剣幕《まく》で捲したてる河林の声が、ずっと耳から離れなかったのだ。ポケベルで連絡を受けて刑事部屋へ電話を入れると、河林太郎から電話があり、連絡をほしがっているとの伝言が残されていた。改めて公衆電話にカードを飲みこませ、《野上証券》に電話をかけたのである。

河林の怒りは、堀江にとり、半ば予測した反応のはずだった。事件への突っこみ方に迷う場合は、足を使って揺さぶりをかける。相手にやましいことがある場合は、必ず挑発に乗ってくる。刑事として学んだ、経験による知恵だった。——しかし、だから何なのだ。堀江には、自分自身をいま襲っている感情が摑《つか》みきれなかった。

皿とティーカップを共同の流しで洗った。

留守番電話にメッセージが残されているのを発見したのは、部屋にもどったときだった。メッセージは、昨夜の八時過ぎに録音されていた。村上秀蔵《ひでぞう》の懐かしい声が、スピーカーから流れだした。〈霧島君のことで、できれば一度連絡をくれないか〉控え目な調子で、恩師は、そう語った。

堀江は仮眠をとるために、ランニング姿でベッドに横たわった。習慣どおりに目覚し時計をセットして、両手を後頭部で組みあわせ、しばらく天井の染みを見つめていた。やがて上半身を起こし、ベッドサイドの本棚からアドレス帳を抜きだすと、電話に向かって屈《かが》みこんだ。その姿勢でしばらく考えていたが、結局ベッドから降りたってワイシャツに腕を通した。

堀江の通った大学は、ボート部の部室や練習場なども含めて東京の郊外にある。多摩《たま》川の遥《はる》か上流だ。行き着くまでに、電車のなかで眠れるはずだった。いつでもどこでも眠ってしまえるのが、刑事として生きていくひとつの条件で、堀江もその点だけは自信があった。

　地下鉄で新宿へ出、そこから私鉄に乗り替えた。私鉄電車はすいており、一車両に五、六人しか客が乗っていなかった。堀江はいちばん端の椅子にすわり、腕組みをして眠った。目覚めると、高いビルは姿を消し、窓の外に空が大きかった。秋晴れの空だ。昨夜通りすぎた低気圧の影響で、青みの奥行きが深かった。

　大学の最寄《もよ》りの駅は、いつの間にか自動改札になっており、かつては眠たそうな顔の駅員が切符を受けとっていた場所に機械が居座っていた。駅前の本屋は建てなおされ、二階建てのビルに変わっていた。堀江は学部棟を訪ねたが、そこには村上の姿はなかった。

　大学の敷地は、多摩川と並行して長くのびており、裏手の門から出るとそこはもう土手沿いの一本道だ。

　秋風が川の香を運んできた。土手を登ると、向こう岸から射《さ》す陽射しが川面《かわも》に照りかえし、細かい光の粒になって広がっていた。光のなかを、いくつもの細長いボートが、距離を置いて眺める分にはまるで水の抵抗などないかのようななめらかさで滑っていく。

　――オールを漕《こ》ぐ選手たちのかけ声が聞こえた。

　堀江はしばらくそこに立ちどまり、川と、ボートと、それを漕ぐ学生たちを見つめつづけた。土手の上を、上流に向かってしばらく歩いた。

　村上秀蔵は、土手の斜面の草の上に、両腕を膝《ひざ》で組みあわせて腰を下ろしていた。声をかけた堀江に顔を向け、目尻《めじり》のしわを深くした。

6

川岸の汁粉屋ではトコロテンも出す。かつてのたまり場の店だった。

ふたりは女店主にトコロテンを頼んだ。客は堀江たちだけで、店主は顔なじみの村上とかるく会話を交わしたのち、奥の座敷に引っこんだ。

「今年のチームは、比較的粒がそろってるんだ」

村上はいい、いくつかの大学の名前を挙げた。どれも、堀江が在籍していたころからのライバル校だ。名前を挙げ、端から順に、今年の戦力の比較をした。それは、汁粉屋までの道筋で、ふたりが交わしていた会話のつづきだった。

話の継ぎ穂が途切れたところで、村上は改まった顔をした。

「すまなかったな。忙しいのに、つまらない電話で騒がせてしまって」

禿《は》げた頭を撫《な》でながら、堀江たちと同期の男の名前を挙げた。

「――島田《しまだ》君から電話で聞いたんだ。霧島君の奥さんから相談を受けたらしい」

霧島といちばん親しくつきあっていたのは、同期の島田健夫《たけお》という男だ。島田と霧島は家も近く、卒業後もよく飲んでいたようだった。

「君に電話をしても、どうなるものでもないかもしれんとは思ったんだが、なにしろ殺人事件と聞いて、いてもたってもいられなかった——。堀江君、霧島君の様子は何かわからないか」

堀江は一瞬ためらったが、村上の胸のあたりを見つめたままでいった。

「——会いました。昨日」

「まさか、君が事件を担当しているのか？」

「そうじゃないんですが、黙秘していて、僕と話したいといってきたんです」

「黙秘とは、また……」

村上は再び禿げ頭を撫で、視線を左右に小刻みに振った。

堀江は急《せ》かされるような気分でつづけた。

「違うんです。あいつの黙秘は、半ば警察の責任なんです。あいつは、警察を信じていないんです。半年ほどまえに、喧嘩沙汰《けんかざた》に巻きこまれたことがありまして、霧島はむしろ止めようとしていた側だったんですが、男がひとり大怪我をしました……。させたやつは、何処かへ逃げちまったらしいんです」

その話を、堀江は霧島の口からじかに聞き、じかに責められたわけではなかった。他の仲間に向かい、霧島が酒を飲んだおりに漏らした話が、人伝《ひとづて》に耳に届いたのである。所轄署の刑事は、暴行容疑で霧島を引っ張り、強引に指紋を採取するなど、かなりひどい扱いをしたらしかった。

「——そのことなら、私も島田君から聞かされたよ。警察に留めおかれたために、大事な取引をふいにしたそうじゃないか」

低い声で語る村上の顔を、堀江は思わず見つめかえした。そこまでは知らなかったのだ……。

村上がそっと言葉を継いだ。

「不景気で、工場はかなり大変らしいな——。なんとかいう金貸しに金を算段しにいったのも、きっとそのためじゃなかろうか……」

「先生、俺にはよくわからないんです——」

ほとんど無意識に口が動いた。「霧島が黙秘なんぞをしているのは、半年まえのあの一件があったからだろうと思えてならないんです。同じ警察官として、責任を感じています。しかし、俺にいったい何ができるのか——」

本当は、違うことをいいたかったのかもしれない。なぜ河林太郎は、霧島則夫と品川プリンスで出くわした事実を、正直に証言してくれないのだろうか。河林にとって、証券会社の仕事上の秘密は、友人を救うよりも大切なことなのか。いや、本当に霧島は無実なのだろうか。殺人容疑で取調べを受ける人間は、苦しまぎれに出任せのひとつやふたつ、口にするのではなかろうか……。しかし、村上に自分の気持ちを打ちあけて、相談に乗ってもらうことはできなかった。進行中の捜査について、外部に漏らせるわけがないのだ。

三十分ほど汁粉屋に居座って腰を上げた。

村上は堀江を、大学の正門まで送ってくれた。正門から駅はすぐだった。

「刑事には刑事としての立場もあるだろう。だから、霧島君のために無理をする必要はないぞ」

別れ際に、村上はいった。堀江は頭を下げて駅へと急いだ。


上りの列車も、行きと同様にすいていた。堀江は行きと同様に腕組みをし、じっと両目を閉じていたが、眠りが訪れる気配はなかった。夜まで新宿の町をうろついた。

河林太郎はまだ堀江と同じ独り身で、代々木上原の貸しマンションに暮らしている。刑事の安月給の堀江には、家賃の見当がつかないようなマンションだった。

部屋が留守なのを確かめてから、正面玄関の前で待ちつづけた。

チューインガムを何枚も嚙《か》んだ。張りこみのときに、たばこを喫いたいと思ったことは一度もなかった。むしろ、先輩刑事たちがチェーン・スモークを繰りかえすのを見て、なぜあんなものが必要なのかと首をひねるくらいだった。

だが、今夜にかぎっては、なんとなくたばこが喫いたかった。河林の帰りを待ちつづけるのは、ひたすら手持ち無沙汰で落ち着かなかった。

深夜零時過ぎ。河林はタクシーから降りたった。マンションの正面の階段を上がってきて、玄関灯の下にたたずむ堀江に気がつき足をとめた。

堀江のほうから近づいた。

「――ここで何をしてるんだ」

口を開いたのは河林だった。声に固い響きがあった。

堀江は河林の顔を見つめた。

「少し話さないか」

「悪いが、部屋が散らかってるんだ」

「ここで構わない」

「霧島の話なら、話すことはないぞ。やつには気の毒だが、会ってないものは会ってないんだ」

いいながらたばこを取りだして、河林は手早く火をつけた。相手がかすかに酒臭いことを、堀江は意識した。

「聞いてくれ、太郎。あいつは今、殺人犯にされちまうかどうかの瀬戸際だ。工場の経営も火の車で、借金に追いまくられてえらいことになってる」

「おいおい、今度は泣きおとしか。刑事ってのは、いろんなことをやるんだな。たしかに霧島は気の毒だと思う。だが、俺には何もしてやれることはないんだ」

河林はわずかに顎《あご》を突きだし、夜空に煙を吐きあげた。そのまま視線を上げたままでつづけた。

「仕方ないだろ」

「立場上いえんということか」

「会ってないものは会ってないということさ。帰ってくれないか。昼間の電話で、当分会いたくないといったはずだぜ」

「たとえおまえが本当のことをいわなくても、俺は石にかじりついてでも霧島の無実を証明して見せる。だが、それじゃあ、おまえは自分が嘘をついたことを、一生負い目に思って生きていかなけりゃならないんじゃないのか」

「押しつけがましい言い方はやめてくれないか。それに、なぜ俺が嘘をついていると決めつけるんだ」

「太郎――」

友人は何も答えなかった。たばこを弾《はじ》いて、踏み消した。

「行くぞ。明日も仕事が早いんでな」

吐きすてるようにいって、エントランスを目指した。

7

三角関係のもつれによる大学生殺しは、あっけなく幕を閉じた。

「堀江よ、あのポリ袋をそっと持ってこい」

翌朝、張りこみの交代に出向いた堀江に、徹夜でマンションを張っていたベテランの山《やま》村《むら》刑事が耳打ちした。物陰に身を潜めたふたりの鼻先を、Tシャツにトレパン姿の女子学生が、ポリ袋を下げてゴミ置き場へと往復したのだ。

林檎《りんご》の芯《しん》がふたつに、コンビニ製の弁当の空き箱がふたつ。それに、ティッシュ・ペーパーにくるまれたコンドーム……。結局、堀江がゴミ置き場から持ちだしてきたポリ袋の中身が、犯人逮捕に繋《つな》がった。容疑者の大学生は、堀江たちが張りこんでいた女子学生の部屋に、そっと匿《かくま》われていたのである。

中本の親爺《おやじ》の方針で、堀江が取調べに立ちあえる機会はまだ滅多になく、その日の取調べも山村と庄野部長刑事によって行なわれた。女子学生の親戚《しんせき》筋には政治家がいる。取調べに当たって、そのあたりに微妙な配慮をする必要もあるはずだった。

刑事部屋で取調べの進展を気にしつづける堀江の肩を、先輩の轟がぽんと叩《たた》いた。

「やんなっちまうな。俺たちゃあ、犯人が潜んでいる部屋を、後生大事に遠巻きにしてたってわけかい。あの娘、事情聴取の段階じゃあ怯《おび》えきっていたくせに、よくも匿う気になんぞなったもんだぜ」

「ヤマさんは、女子学生の部屋の明りが、夜中のうちに何度か点《つ》いたり消えたりするのを見てピンと来たそうです」

「けっ、亀の甲より歳《とし》の功ってことか」

「それにしても、最近の若い連中の考えてることはわからねえですね」

堀江がそう呟《つぶや》くと、轟に頭をこづかれた。

「大学を出て五、六年のおめえが何をいってやがる」

堀江は思わず苦笑した。ここ数日、その五、六年前の歳月がとてつもなく長いものに感じられてならなかったのだ。

机の電話が鳴った。

交換手が回線を繋ぐ。

「俺だ。河林だ」

友人はそう名乗ってから、寸暇を惜しむかのように言葉を継いだ。

「一度しかいわんぞ。俺はあの夜、たしかに品川プリンスのロビーで霧島に会った。先日否定したのは、女がらみの事情があったからだ。わかったか」

「河林——」

堀江は受話器を掌《てのひら》で覆った。「証言してくれるんだな」

「たしかにおまえのいうとおり、重荷は背負いこみたくねえからな。それじゃあ、忙しいから切るぞ」

河林は昨夜と同様に、終始固い声のままだった。

電話を切る直前に、挑むような口調で付けたした。

「おまえは何か、俺が仕事上の都合で隠しごとをしてるようにとったようだが、まったくの誤解だ。警察が痛くもない腹を探ってくるつもりでいるなら、証券マンとしていつでも受けてたつからな」

——二時間後。

警視庁の正面玄関まで送った堀江に、霧島が小声で問いかけた。

「時間はしばらく大丈夫か？」

「ああ——」

堀江がうなずくと、

「それじゃあ、すこし歩かないか」

しばらく間を置いたのちにいった。

ふたりは通りを渡り、皇居に沿ってのびるお堀端の舗道を歩いた。つい数日まえまでは、秋らしくない気候がつづいていたが、さすがに十一月を目と鼻の先にして風は秋のものだった。ジョギングをする外国人が、ふたりの横を追いこしていった。

「すまんが、たばこをもらえるか？」

霧島がいうのに、堀江は首を振って見せた。

「俺は喫わないんだ」

「昔のままか」

「まあな」

チューインガムを抜きだして、霧島に勧めた。霧島は一瞬ためらってから手を伸ばした。

「取調べ室で、岸田という刑事から聞いた。——俺のために、走りまわってくれたそうだな」

「ああ——」

小さな声で礼をいった。

「なあ、堀江、支障がねえなら聞かせてもらいたいんだが、なぜ河林のやつは、はじめあのホテルで俺と出くわしたことを否定したんだ？」

堀江は鼻の頭を掻《か》いた。

「ホテルって場所を考えりゃわかるだろ。サラリーマンにとって、女関係ってのは鬼門さ」

「――なるほどな」

うなずいてから、かすかに首を捻《ひね》った。

「だが、あいつは俺と出くわしたとき、ネクタイ姿の男と一緒だったんだぜ」

「――細かいことはいいじゃねえか」

堀江は舌先に言葉を載せた。今度は霧島が、河林があの夜に一緒にいた男の姿かたちについての証言を求められることになるだろう。片山班は河林が証言を翻した理由について、しつこく突つきまわすだろうし、庄野からの耳打ちを受けた二課も、《野上証券》に対して動きはじめるにちがいないのだ。〈てめえが辛《つら》くなる覚悟を決めろってことだ〉デカ長の言葉が脳裏をよぎった。

「おまえに、ひとつ嘘をついていた」

霧島がいきなり切りだして、堀江は注意を引きもどされた。

霧島は、ちらっとこちらに視線を流したものの、それからは前を見つめたままで話しつづけた。

「岸田って刑事が洗いだしたとおり、あのホテルで女房との約束なんぞなかったんだ。情けねえよ。俺はあのホテルに、殺された森本直子って女を抱くために行ったのさ」

「なんだと——？」

堀江は驚き、思わず歩調をゆるめて霧島を見つめた。

「あの女は、借金の返済期限を延ばしてやる代わりにつきあえという意味を含ませて、俺をホテルに呼びだしたのさ……。あの夜が、初めてじゃなかった。殺人現場に、俺のライターが落ちていたのは、以前にあの女と会ったときにホテルに忘れたのを、あいつが持っていたからさ」

「そのことは——」

「ああ。取調べで、岸田って刑事に素直に話したよ……。俺と森本直子のそんな関係を知ってるやつがいるはずだと、しつこく訊《き》かれた。今度は、その線から容疑者をつめるってことなんだろ？」

「たぶんな——」

初動捜査の段階で、膨大な容疑者リストができている。新たな絞りこみをし、本ボシに目星をつけていく。捜査に名探偵のような推理は必要なかった。リストを作成し、絞りこむことの繰りかえし。堀江はそんな定石捜査に、ほんの一瞬嫌気を感じた。

「落ち目になると、情けねえな。会社が傾きはじめてから、すべてケチのつきどおしだ。

最後には、男のくせに、娼婦《しょうふ》のようにホテルへ出向いていったんだ」

「そんないいかたはやめろ」

堀江は霧島の言葉を遮った。

ふたりは、それきり、無言で歩いた。

晴海《はるみ》通りと内堀通りとが交わる十字路で、霧島が堀江を押しとどめた。右手前方に、日比谷公園の緑が見えた。

「忙しいんだろ。ここで別れよう」

「今度、一杯やらないか」

「ああ」

うなずいて、ゆっくり呼吸して、霧島はそっと口を開いた。

「俺はまだ負けたわけじゃない。これからさ」

「ああ」

「それじゃあな」

警視庁への道をもどりかけた堀江を、後ろから霧島が呼びとめた。

振りむくと、学生時代と変わらない一途《いちず》な瞳《ひとみ》が、じっと堀江を見つめていた。

「堀江、怒らねえで聞いてほしいんだが――。なぜ、あのとき取調べ室で、俺を信じているといってくれなかったんだ……。俺のために駆けずりまわってくれて、礼をいう。だがな、おまえは怒るかもしれねえが、俺はおまえに走りまわってほしかったわけじゃない。

刑事には刑事の立場があるのかもしれねえが、あのとき、俺はおまえに友達として、ひとこと信じているといってほしかったんだ」

「――――」

堀江は両手を握りしめた。躰《からだ》が急に重たくなり、泥濘《ぬかるみ》に沈みこんでいくような感じがした。陽射しを一杯に浴びた川面が思いだされた。光のなかを、矢のようなスピードでボートが走っている。遠目に眺めているかぎりは、まるで水の抵抗などないかのように見えるなめらかな動きだ。あの日々が、もどらないことだけは明らかだった。

パトカーが、先を争って十字路を走りぬけていった。けたたましく鳴るサイレンが、事件発生を告げている。

知らすべからず

—


風のない夜だ。

中本警部補の扇子を動かす動作がせわしないのは、しかし、蒸しあつさのためだけではなかった。

切れかけた街灯が、はちを割るまぎわの容疑者のごとく、往生ぎわの悪い息づかいでまたたいている。

一方はマンションの植えこみ、一方は布団工場の裏手、一方は流行《はや》らない自転車屋で最後の一方が平屋の民家の庭先となった十字路である。車がなんとかすれ違えるほどの公道が二本ぶつかっている。細いほうの道が、すこし行くと荒川に突きあたる。川の堤防よりも低い、いわゆるゼロメートル地帯の一角だ。

パトカーを降り、十字路の真ん中に横たわった死体《ロク》へ走りよった庄野部長刑事《デカチョウ》は、眉《まゆ》をひそめながら扇子でみずからの右頬をあおぎつづけている中本係長を見てまずいと思った。

中本は、年に四、五本扇子を替える。なにしろ寝ているとき以外は、夏だろうが冬だろうが季節を問わずに使用している代物《しろもの》だから、高級品よりもむしろ丈夫で長もちするものを好んで使う。つい先日替えたばかりの新しい扇子が、いま中本の手の先で破れんばかりにしなっているのは、よほど厄介なことがあった証拠だ。だいいち、ただの交通事故で、こうして中本や庄野たち一課の猛者《もさ》連中に非常招集のかかるはずがない。署ちかくの縄暖簾《なわのれん》で夕食を摂っていた庄野をパトカーで拾い、ここまで一緒にやってきた新人の堀江がいう。

「轢《ひ》き逃げですか――」

中本係長は堀江をちらっと見たのち、すぐに視線を庄野に移した。

「まいったぜ、チョウさん。先着組は、すでに周辺の地取りに出ている」

「ホトケの身元は――」

尋ねると、

「それがわからんのだ。免許証も札入れも、身元がわかるようなものは一切携帯しちゃいねえのさ」

かぶせるように中本はいい、

「ポケットに入っていたのはたばことライターだけだ」

鑑識のビニール袋におさめたマルボロと百円ライターを振って見せた。

「――たばこだけ携帯した男ってわけですか」

庄野は屈《かが》みこみ、じっと死体の顔を見つめた。係長のいつになくきびしい声を聞き、ますますただの轢き逃げ事件ではないという予感を強めたのだ。だが、ホトケの面に心あたりはない。少なくとも俺の事件《ヤマ》でかかわった男じゃない。前科者《マエモチ》の線ではないのだろうか。

死体の推定年齢は、若干老けて感じられるのが常だが、見たところ四十七、八。五十に手は届いていない。スラックスに半袖《はんそで》のカラーシャツを着て、ネクタイはしていなかった。髪型は後頭部を刈りあげた、一般的なサラリーマンのものだ。

「くそ、せめて身元が割れてくれれば助かるんだが」

ひとりごち、中本は一刻もぐずぐずしてはいられないという様子で事務的な説明をはじめた。

「この男をはねたのは、グレーのセダン。車種はまだ判明していない。だが、自転車屋の親爺《おやじ》が、ちょうど犬を散歩に連れだそうとしていたところで、走りさる車を目撃してる。そっちはヤマさんが聴取中だ。轢き逃げのほうは、おそらくそれほど手間取らずに引っ張れるぜ。問題はホトケのほうなんだ」

話しながら移動する。

必要に応じ、物事を最短距離で説明できる能力の持ち主だ。

だからいまの地位にいる。

鑑識官の傍らに立つと、白手袋をはめ、黒い鞄《かばん》を持ちあげた。

「見てくれ。ホトケさんが持っていたものだ」

庄野は唾《つば》を飲みくだした。

中本が口を広げた鞄には、一万円札の札束が、溢《あふ》れんばかりに押しこめられていた。

「チョウさん、こりゃあ――」

呟《つぶや》いて手をのばしかけた堀江が、鑑識主任から叱責《しっせき》を受けた。指紋採取が済んでいないらしい。あわててナイロンの手袋をはめる。

中本が眉をひそめて告げた。

「身代金さ。誘拐事件ということだ」

「そうすると、ホトケはこの身代金を、どこかへ届けようとしていた真っ最中だったってことですか」

庄野は問いかえしながら、霧が心をしめらせるような感じをいだいた。

——厄介なことになる。

誘拐事件の犯人はむろんのこと、こうして身代金を抱いたまま男が轢き逃げされ、命を落としてしまったいま、人質の氏名も、脅されていた家族が誰なのかもまったくわからないということだ。

中本は渋い表情のままうなずくと、現在都内および首都圏周辺部までふくめて、誘拐事件の届け出はいっさいなされていないと語った。

鑑識にことわり、ビニール袋から紙片を抜きだす。

「目をとおしてくれ。ホトケが持っていたものだ」

——西を見よ。

橋の下へ徒歩で向かえ。

警察に知らすべからず。

もしも知らせているようなら、娘がどうなるかわかっているな。

少しでも妙な動きに気づいたら、その時点で取引はなかったこととする。


――鉄塔の下へ行け。

配電室わきの小箱を見よ。

手紙は、読み終えたらすべて鞄の中に入れておけ。

おまえの行動はお見とおしだ。コピーを取ろうなどと考えるな。


――入れて帰れ。娘は明日の朝までに返す。


ワードプロセッサーを使用して打った手紙は、三通あった。

「二通は鞄のなかに、一通はホトケのズボンのポケットに入っていたんだ」

「どういうことなんでしょう――」

堀江が文面を覗《のぞ》きこみ、庄野にとも中本にともなく尋ねる。

「犯人の指示で、あっちこっち移動させられてる途中だったってことさ」

庄野が答えた。「少しでも妙な動きに気づいたら、と謳《うた》っているだろ。あっちこっち引きずりまわし、警察の尾行がついていねえかどうか確かめていたにちがいねえ」

追って中本が口を開いて、

「ヤマさんが自転車屋の親爺を聴取した話によると、車はこの細い路地を、かなり無謀な勢いで飛ばしていたらしいぜ」

「くそ野郎ですな」と、庄野。「ホトケは、どっちからこの十字路に来たんでしょう」

「それはまだわからねえんだ。自転車屋の親爺も、事故そのものは目撃していねえのさ」

中本は一度言葉を切り、堀江の肩を叩《たた》いた。

「おまえはほかの連中と一緒に付近の地取り捜査だ。誘拐犯は、ホトケの動きを見張ってたってことだ。この付近にいた勘定になる。すこしでも怪しいやつと出くわしたら、遠慮なく職務質問《バン》をかけろ。ただし、行動は慎重にしろよ」

庄野は横目で中本を見た。慎重に、しかし少しでも怪しいやつがいたら職質をかけるというのは矛盾した命令だ。眉間《みけん》にしわを寄せた刑事係長の困惑が、手に取るようにわかった。

非常招集がかけられたのが三十分ほどまえ。事件発生はさらにその以前だ。ホトケが金を抱いたままここに瞑《ねむ》っているということは、当然のことながら金を受け取れなかった誘拐犯が、この街のどこかでじれている。

誘拐犯は、この事故を察知しているだろうか。

もしも察知していないのだとすれば、言いつけどおりの場所に金が届けられないのにじれ、どんな行動を起こすだろう。一方、察知しているのだとすれば、轢き逃げ事件で警察が動きだしたことを知ってどうするだろうか。

——いずれにしろ、人質の命は、多大な危険にさらされている。

「チョウさんは俺と一緒に来てくれ。脅迫状の文面にある《鉄塔》や《橋》がどこなのか、そして、金を《入れて》と指示された場所とはどこなのか。地図を頼りに探しだすんだ」

2

「西に橋が見える場所。それに、鉄塔が立っている場所か」

走りまわる覆面パトカーの天井灯を点《つ》け、手許《てもと》の地図に目を落としながら、中本が口のなかであらためて呟く。

——あてが外れていた。

轢《ひ》き逃げされた被害者が、徒歩で移動していた以上、動きまわるように指定された地域は当然この一帯だとあたりをつけたにもかかわらず、半径を五百メートルから一キロ、やがて二キロまで広げて探してもなお、橋と鉄塔とが近くにそろって存在する場所は見つからなかった。

庄野はふと思いついて尋ねた。

「二通は鞄の中に、一通はズボンのポケットに入っていたってことですが、ポケットに入ってたのはどれなんですか」

「《入れて帰れ》ってやつさ」中本係長は、庄野のほうに視線を流した。「チョウさん、脅迫状を、読み終えたら鞄に入れておけという指示は気にならねえか」

「おそらく、証拠を残したくなかったのと、鞄に入れているかどうか、こっちはおまえの動きを逐一観察してるぞってことを示すはったりじゃねえでしょうか」

「そう指示されていたにもかかわらず、被害者が最後の一通だけはポケットに入れていたのはどういうわけだろう」

「わかりませんが、例えばその指示を受けたのが、さっきの十字路にいたる直前だったんで、あわててポケットに突っ込んで走ってきたとか」

「ふむ」

「親爺さん。被害者は、あの十字路で車にはねられたとき、いったいどこを目指していたんでしょうね。《入れて帰れ》って指示は、どこに《入れて》ということなのか」

「じつはチョウさんが来るまえに、三通の脅迫状の順を入れ替えて考えてみたんだが、どうしたところで《入れて帰れ》というのがどこを指しているのかがわからねえんだ」

「なるほど。《入れて帰れ。娘は明日の朝までに返す》ってのは、どう考えてもいちばん最後でしょうが、あとの二通は、いったいどっちが先だったのか」

「ああ。《西を見よ。橋の下へ徒歩で向かえ》ってのが先か、《鉄塔の下へ行け。小箱を見よ》が先かで、シチュエイションは変わる」

「それによって、橋と鉄塔の位置関係も変わりますね。鉄塔のほうが先ならば、橋はそこから西の方角に位置することになる」

「橋のほうが先だとしたら、そこから鉄塔へ移動し、そして鉄塔わきの小箱のなかに《入れて帰れ》という指示があったってことだ」

「だけど、もしもそうしてたどり着いた鉄塔の配電室わきの箱に、《入れて帰れ》って指示があったのだとすれば、被害者がその時点で金を箱に入れもせず、まだ持っていたというのは辻褄《つじつま》が合いませんね」

「そういうことだ。《入れて帰れ》がどこなのかを示す指示を、被害者はさらに受けていたのかもしれん」

「だからあわてて路地へ飛びだしてきたってわけですかね」

「いずれにしろ、鉄塔と橋に行きつくことだ――」

中本が、眉間にしわを刻んだままでいう。

瞳《ひとみ》が死にかけた魚のようにくすんで沈む。

何か気にかかるものに気づいたときの表情だ。

「しまった」

声をあげた。瞳に色がもどる。

「チョウさん、俺たちゃあちょっとばかり浮き足だち、肝心なことを見のがしていたぜ。被害者はなぜ、たばことライターしか持たず、小銭入れも何も携帯していなかったんだ」

「――」

「おそらくそういったものはすべて、上着に入れていたからさ。上着はいったいどうしたのか」

「そうか！　車ですね。被害者は車で移動していたんだ。指示に、《橋の下へ徒歩で向かえ》とあるのは、どこかの時点までは被害者が車で移動していた、移動するように指示を受けていたってことだ。上着は脱いで、車のなかに残してある。だから事故に遭ったとき、小銭入れも何も携帯していなかった――」

山村刑事たちの探索により、轢き逃げ事件の起こった十字路付近のU字溝の中から、死体の男が持っていたものと思われる車のキーが発見された。車にぶつけられたショックではねとんだものらしい。

二十時過ぎには、地元署にもうけられた捜査本部で、第一回の捜査会議が開かれた。新聞記者《ブンヤ》対策のため、あくまでも名目は轢き逃げ事件だ。

本庁からは、庄野たちの上司にあたる草薙課長以上のクラスが出席した。中本や庄野たち現場の刑事は、慣例をやぶり、無線で会議の模様を聞くだけにとどめて捜査をつづけた。誘拐犯に拉致《らち》されている《娘》の生命を考えると一刻を争うからである。

大量のコピーが取られた被害者の顔写真は、現場付近の地取りをつづける捜査員に配布されただけでなく、都内の各警察署にファックスやメールデータで発信され、心あたりの有無が確認された。

轢き逃げ事件の追及には、一課三班、すなわち《中本軍団》のヤマさんこと山村刑事たちが当たるほか、別班が丸まるひとつ担当となり、すみやかな犯人逮捕を目指す決定がくだされた。

被害者の車の発見にも新たな人員が割かれた。

《橋》と《鉄塔》探しは難航した。

「チョウさん、山村です」

――二十一時過ぎ。

山村から庄野たちのパトカーに無線が入った。

「轢き逃げの犯人《ホシ》が割れましたぜ」

「でかしたぞ」

中本が、無線機を庄野から受け取って声をあげた。ふだんなら、主任である庄野が現場の指揮を取るが、中本がこうして現場に出ているときは、自然と一歩後ろへ退《ひ》くことになる。

「それが、私の手柄ってわけじゃないんで。地元の荒川署に自首してきたんでさあ」

「自首だと――」

「ええ」山村は一度言葉を切り、あらためて説明をつづけた。「事件現場から目と鼻の先のマンションに、親と同居している大学生です。なんでも、就職のことで、帰宅したばかりの父親と口論になり、むしゃくしゃするんで車を飛ばしまくるつもりで家を出たそうです。五分も経たねえうちに、被害者《ガイシャ》を轢き殺しちまったってわけですよ。塩をかけられた青菜みたいになり、父親につきそわれて出頭してきました」

「それじゃあ、現在身柄は荒川署か――」

「ええ」

「そいつを引っ張って、すぐに事件現場の十字路へ来てくれ。所轄がぐずぐずいうようなら、課長から話をとおしてもらえ。俺たちもすぐに合流する」

「わかりました」

車を飛ばし、事件現場の十字路へもどる。

山村につきそわれ、青くなってうつむいている青年に近づくと、庄野はドスをきかせた声で突きつけた。

「自分がどんなことをしたのかわかっているな。被害者は、おまえに轢かれて死亡した。彼はいったい、どっちの路地から出てきたんだ」

「路地じゃない。あそこから飛び出てきたんだ」

うつむいたまま、青年は紫色の唇を動かした。十字路の一辺を埋めて建つ、マンションの駐車場を指す。

刑事たちは、ちらと視線を見交わした。「駐車場から出てきたっていうのか」

「――いきなりだったんだ。僕のせいじゃない。あの男が、人の車の前に飛び出すから、こんなことになってしまったんだ」

ふてくされても見える態度に腹がたったが、庄野はその気持ちを押ししずめた。説教をしている暇はない。

山村がのっぽの青年を睨《にら》んだまま、補足するように小声で告げる。

「男をはねたのは、自転車屋の親爺《おやじ》の証言どおり、六時二十分ごろだそうです。日暮れどきで、まだヘッドライトを点灯しておらず、被害者にしてみれば、ライトで車の存在に気づくこともできなかったんでしょうね」

「親爺さん、このマンションの探索と聞き込みは――」

庄野が訊《き》くと、中本は、決まっているという顔でうなずいて見せた。

「むろんすでに当たらせてる。特に上のほうの階の住人は、結構窓からの視界がきき、思わぬことを目撃したりしてるものだからな。だが、被害者がこの駐車場から走り出てきたってのはどういうわけだ」

庄野は指先でおとがいを撫《な》でた。

3

荒川の水辺で、ボートがいくつも連動して揺れている。

月のない夜だ。

墨を流したように黒い水面に、対岸の街明りが反射している。

「チョウさん――」

山村が屈みこんでいた腰をのばし、右手をかかげて庄野を呼んだ。

指先に吸殻を挟んでいた。フィルターに《Marlboro》の文字があった。

「なるほど、ボートを使ったってわけか」

中本が、せわしなく扇子をばたつかせながら、興奮をふくんだ声でいった。

手漕《こ》ぎボートは除外して、エンジン付きのボートの床に、手がかりを探りまわっていたのである。エンジン付きのボートでも、フロントグラス等に埃《ほこり》がたまり、あきらかに最近は使用していないものも除外することができた。

「ええ、おそらく被害者《ガイシャ》は、荒川を移動してここへ来たんでしょう。水べりからあそこの十字路へ向かうには、いったん舗道へ出るよりも、マンションの敷地を突っ切ったほうが早いですからね」

庄野がうなずいて見せると、

「ヤマさん、おまえは堀江を呼んで、一緒に荒川を下流に向かってくれ」

中本は、扇子をズボンの尻《しり》ポケットに突っこんで駆けだしながら、山村に命じた。

「川沿いに、橋と鉄塔とが見える場所を探すんだ。その付近に、被害者が乗ってきた車があるはずだ。俺とチョウさんは上流に向かう。車が見つかれば身元が割れるぞ」

焦りの色は隠せなかった。

轢《ひ》き逃げ事件発生から、そろそろ四時間近くが経《た》とうとしている。

庄野と中本は、覆面パトカーで荒川沿いにさかのぼった。

ステアリングを握っているのは庄野部長刑事で、中本警部補はじっと窓の外へ目をこらしつづける。

足立《あだち》区の新田《しんでん》にまで至ってもなお、鉄塔と橋とがそろって見わたせる場所はなかった。《鹿浜橋》を目にし、思わず顔を見合わせた。これ以上さかのぼると厄介なことになる。ベテランふたりは、無言のうちにそう悟ったからだ。新田を越えると、荒川が東京都と埼玉県の県境になっている。すなわち川向こうは埼玉県警の縄張りだ。上から話を通してもらわねば、迂闊《うかつ》に動きまわることはできない。

「チョウさん!」

中本が、地声をさらに大きくして、フロントグラスの先を指した。「こりゃあ、埼玉県警の縄張り荒らしといくしかねえぞ」

川に沿って広がる野菜畑のなかに、テレビ塔が聳《そび》えていた。

《荒川大橋》から見て東の方角。すなわち、テレビ塔を起点に考えれば、大橋は西に位置することになる。

中本と庄野は、車で大橋を渡り、まずテレビ塔の下に乗りつけた。

野菜畑から、肥料のにおいが風に運ばれている。

配電室わきの小箱とは、計器の操作ボックスのことらしかった。

鍵《かぎ》が壊れており、簡単に扉を開けることができた。中には何も入っていない。

犯人の手により、鍵が壊されたと考えるべきか。

「指紋採取だ。鑑識を手配してくれ」

中本が囁《ささや》く。

川沿いの舗装道路へ出、汗を拭《ふ》きながら橋まで歩いた。欄干から身を乗りだして下を覗《のぞ》くと、暗がりにボートがいくつか係留されていた。——被害者は、ここで何らかの指示を受け、ボートで荒川を下ってきたにちがいない。

「親爺さん、脅迫状の順番がわかりましたね」

「ああ。計器の操作ボックスに、《西を見よ。橋の下へ徒歩で向かえ》って指示が入ってたってわけだ。《配電室わきの小箱を見よ》は、当然それ以前の指示ってことになる」

「そして、おそらくこの橋で、ホトケはボートに乗るように指示を受けた」

「埼玉県警に協力を要請せねばならねえな。目撃者探しと、この付近に駐《と》まっている車で持ち主のわからないものを至急探しだすんだ」

庄野は無言でうなずいた。

深夜の聞込みははかどらない。

しかも人家から離れた荒川沿いの一帯となればなおさらだ。

持ち主のはっきりしない車も見つからなかった。

だが、硬直しつつあった捜査は、思わぬ方面から新たな展開を見た。

「中本君か。マル暴の久保《くぼ》チョウさんが耳うちしてくれた。今夜十時過ぎ、車を盗んでは売っぱらっている暴走族グループのひとりが逮捕されたんだが、その男が、ちょっと引っかかることをいってるらしい」

捜査会議ののち、本庁《オモヤ》にもどって詰めていた課長の草薙が無線で連絡をよこしたのである。

「――今夜のうちにやつらのグループの連中が、盗難車をチャイニーズマフィアの密輪グループにさばく手はずになっているという話だが、その中に一台、今日荒川沿いから盗んだ乗用車が混じってるらしいんだ」

「荒川沿いですって――」

「引っかかるだろ」

「取引の時間と場所は吐いたんですか」

「零時きっかりに晴海の第三埠頭《ふとう》だ。無駄足になるかもしれないが、四課の連中と協力して当たってみるのに、ひとつ班を割きてえのさ」

中本が庄野にちらっと視線を流した。

「チョウさん、《中本軍団》全員に動員をかけるぜ」

夜がふけている。

街の照りかえしでうすぼんやりと明るい空を背景に、倉庫の大屋根がシルエットになっている。

潮の香りに混じり、波音だけが響くしじまを破って、単車のヘッドライトの群れが左右に揺れながら現れた。

さらに近づいてきたところで、単車に囲まれ、乗用車が数台混じっているのが確認できた。

「まだだぞ。あせるなよ。完全に網に入るのを待ってからだ」

中本が、胸元につけた小型のマイクに向けて囁きかける。四課の久保チョウたちも出ばっているが、階級が上の中本のほうが、現場の指揮権を持っているのだ。

チャイニーズの盗品買い《ケイズ》グループは、すでに取り押さえていた。

中本が顎《あご》で庄野に合図すると、部長刑事は小道具のサングラスを取りだしてかけ、ゆっくりとヘッドライトの光のなかに歩きだした。

「組織のひとか——」

リーダーらしい若者が、エンジンを切ってバイクを降り、ヘルメットを脱いで長髪を掻《か》きあげながらいった。ほかの若者たちも順にバイクを降りる。女も数人混じっている。

「車を売りたいというのはおまえらか」

庄野が喉《のど》につめた声を出した。

「まだ新しいものばかりだぜ。いくらで引き取ってくれる」

相手がいうのを聞きながら、庄野はひょいと右手を振った。

同時に、若者たちの後ろの闇から、いきなりライトを点灯したパトカーが姿を現した。

庄野の背中の方向からも、中本主任たちの乗ったパトカーが現れて、若者たちの行く手をふさいだ。

訳のわからない言葉を叫んで抵抗する若者たちを取り押さえるのに、それほど時間はかからなかった。訓練をつんでいる警察官の敵ではない。

「今夜荒川沿いから盗んだ車はどれだ？」

ゴリラのように歯茎をむき出し、睨《にら》みつけてくるリーダーの若者の前に無造作に立つと、庄野はドスをきかせた声で尋ねた。

庄野の上背は相手の肩ほどまでしかない。若者の目を見かえすのに、大きく顔をそらす必要があった。

シラを切ろうとする若者に往復びんたを喰《く》らわす。

「盗んだときに、車にあったものを洗いざらい出せ」

短気の虫が動きだしている。なにしろ日付が変わってしまった。

「車に上着があっただろ。免許や財布が、上着に入っていたんじゃねえのか。素直に話すんだ」

相手の唇を切らないように注意して、さらにびんたを繰りだしつづける。痕《あと》を残すと、後日になって弁護士からつっこまれる恐れがある。

「――ここにあるわよ」

リーダーが殴られるのを、ブーイングをあげながら見ていた若者たちの中から、ひとりの娘がつまらなそうにいって片手を上げた。

指先に免許証をはさんでいた。

堀江が娘からもぎとって、庄野と中本のほうへもってきた。

「久保チョウさん、あんたに何かおごる必要があるな」

免許証の写真を目にした中本が、四課の久保部長刑事を見やって囁いた。

やっと身元が割れたのだ。

――轢《ひ》き逃げされた男の名は堺屋晋介《さかいやしんすけ》。

住所は葛飾《かつしか》区となっていた。

4

――誘拐犯はかなり慎重な性格の人間だ。

中本係長は、堺屋晋介の家を訪れるのを、自分と庄野部長刑事のふたりだけにかぎることにした。

待機の刑事たちも、できるだけ堺屋の家から遠ざけて配備する。

深夜とはいえ、慎重の上にも慎重を期したほうがいい。被害者は、《娘》の誘拐されたことを、警察には届けずに身代金を差し出す腹づもりでいた。万が一警察が被害者宅を訪問したことが犯人にばれ、それによって《娘》の命が奪われるようなことになれば、責任問題となって取り返しがつかない。最近の新聞記者《ブンヤ》は、足元をすくうことしか考えないのだ。

捜しあてた一戸建てから十数メートルはなれた路地に覆面パトカーを駐めると、中本は自動車電話を使い、堺屋の家の番号を押した。

呼出音三回でつながった。

ちらりと庄野部長刑事のほうに視線をやりながら口を開く。

「夜分にすいません、警察ですが、堺屋さんのお宅でしょうか」

「――――」

電話の相手は、息を飲んだような沈黙を置いた。

中本は扇子を取りだして、さかんに動かしながら言葉を継いだ。

「堺屋さんの奥様ですか?」

「はい――」

「じつは、落ち着いて聞いていただきたいんですが、お宅のご主人が、今日の夕方に亡くなられました」

「――なんですって」

「今までご連絡できなかったのは、死亡された時点で、身元の判明するようなものをご主人が何も身につけておられなかったからです」

「――――」

「われわれはいま、車でお宅のそばまで来ています。奥さん、正直に答えてください。ご主人が提げていた鞄《かばん》から、今度の誘拐事件のことを知りました。お嬢さんはまだお帰りじゃありませんか」

一段と長い沈黙があき、女はやがて震える声を押しだした。

「主人は、どうして死んだんでしょう——」

「車に轢かれました。轢いて逃げた人間は、すでに取り押さえました」

——再び沈黙。

「お宅へ入れていただけないでしょうか。お嬢さんのことをお聞かせ願いたいんです。警察に通報されなかったお気持ちもわかります。しかし、われわれを信頼なさってください。必ずお嬢さんを無事に取りもどします」

「待ってください、刑事さん」

女がはじめて、押しかぶせるようにいった。「娘は、つまり私たちの《娘》は、今夜無事に返されました」

「返されたですって」

中本は声をあげて庄野を見た。

車で堺屋の家の正面に乗りつけ、玄関の扉をノックするまで、時間にして二、三分とかからなかった。

白壁の塀で囲まれた、かなりの敷地を持つ邸宅だ。

玄関を開けてくれた女は、ほつれ毛を垂らし、唇をかすかに震わせていた。心持ち顔色も蒼《あお》い。

まるで何かにすがるように、大きなシャム猫を抱きかかえている。

中本と庄野が名のるのに、うつろな瞳《ひとみ》をむけてきて、

「──夜分にごくろうさまです」

唇だけがまるで別の生き物のように動き、抑揚にとぼしい声を押しだした。

「どうぞ、お上がりになってください」

「いえ、ここで結構です。それよりも、お嬢さんはいまどちらに。差しつかえなければ、ちょっと会わせていただけないでしょうか」

中本がいうと、女はかるく首をひねった。

「──ここにおります」

庄野たちは顔を見合わせた。女のいった意味がわかるまでに数秒を要した。

「《娘》とは、もしかしてそのシャム猫のことなんですか──」

思わず庄野が声を高くした。

言葉に相手を責めるような響きが漂ってしまったのを気に病んだのは、少ししてからのことだった。今日は半日、俺たちはたかが猫一匹のために、必死になって時間と追っかけっこをしていたのか。そう思うと、腹だたしさを通りこし、莫迦莫迦《ばかばか》しいような気分にな

った。警察に届けなかったのも、たかが猫一匹のこととなればもっともだ。犯人も、堺屋晋介が轢き逃げされて警察が動きだしたことを知り、危ない橋をわたることを避けて猫を返してきたにちがいない。

「子供のいない私たちにとって、これでも大切な《娘》です」

部長刑事の口調に何かを感じとったらしく、女が睨みつけてきた。目の下に、うっすらと隈《くま》ができていることに気づき、庄野は応対のまずさを詫《わ》びた。

「深夜にご足労をかけて恐縮なのですが、ご主人のご遺体をご確認ねがいたいので、警察までご一緒していただけないでしょうか。それと、犯人逮捕のため、お宅のシャム猫が誘拐された前後のくわしい事情をお聞かせいただきたいのですが」

「——死んだのは、主人にまちがいないのですか」

庄野はちらりと中本とのあいだで目配せしあい、あらためて口を開いた。

「残念ながら、状況から見てその可能性が高いと思います」

女は紫色の唇を噛《か》みしめた。

「——わかりました。ご一緒させていただきます。ちょっと出かけるしたくをしてまいりますので、しばらくここでお待ちください」

庄野たちがうなずくのを見て、女は奥に姿を消した。

「大山鳴動して鼠一匹ってやつですね。猫一匹というべきか」

庄野は鼻の頭をかりかりと掻《か》き、中本にそっと囁《ささや》いた。

立派なつくりの家を見わたして言葉を継ぐ。

「まったく、金のあるやつの考えることはわかりませんや。猫なんぞのために、鞄いっぱいの金を差しだすんですからね」

「まあ、そういうなや、チョウさん。人質の娘が殺害されるという、最悪の想像は免れたんだ。よしとせにゃあならんぜ」

「まあ、そうですがね」

庄野はうなずき、首の骨を左右に鳴らした。

急激にたばこが喫いたくなった。そういえば、落ち着いてたばこを喫う暇さえなかったのだ。

「わたしゃちょっと失礼して、一本やらせてもらいますよ」

庄野は中本にことわり、たばこを取りだして玄関の外へ出た。

煙を吐きあげる先の夜空には、いつの間にか雲が払われ、点々と星がまたたいている。

明日も暑くなりそうな気配だ。汗にまみれたワイシャツが、ぴったりと肌に張りついていた。

——ミャア。

甲高い猫の鳴き声が聞こえ、裏庭につづくわずかな隙間《すきま》から、先ほどのシャム猫がすまし顔を見せた。たばこが半分ほど灰になったころだった。

部長刑事は係長と顔を見合わせ、なんとなく小さな笑みを浮かべた。

次の刹那《せつな》、一瞬にして張りつめた糸を弾《はじ》くように、何かが庄野の頭の奥で音を立てた。まったく同時に、中本の目に光が走る。

「くそ、チョウさん。俺たちはとんだ大莫迦ものだぜ」

吐き捨てながら、中本は廊下に駆けあがった。

庄野は裏庭を目指し、シャム猫が出てきた隙間に躰《からだ》を滑りこませた。

庭に面したサッシの窓が、開けはなしたままになっている。

庄野はためらわずに庭先を走り、細く隙間が開いている裏木戸を目指した。

裏の路地に走りだすと、街灯の下を駆けて遠ざかる女の姿があった。

つづいて裏木戸から出てきた中本が、庄野の後ろから走りだす。

街灯の照らしだす夜道の先に、堺屋家周辺に待機させていた堀江の姿が見え——

「その女を取り押さえろ」

庄野と中本は、ほぼ同時に声を上げた。

5

「それじゃあ、轢《ひ》き逃げされて死んだのは、身代金を差しだそうとしていた側じゃなく、受けとって逃げた犯人のほうだったというんですか」

隣りの止まり木から躰をひねり、問いかけてくる堀江に、庄野部長刑事は横顔を向けたままでうなずいた。

「危ないところだったぜ。大した女だ。《娘》とはシャム猫のことだなどと偽り、口先で俺たちを煙にまこうとしたわけさ。誘拐された本当の娘は、あの家の地下室に閉じこめられていた。堺屋たちは、町工場を経営していたが不景気で倒産寸前になり、家屋も何も抵当として押さえられ、どうしても落とさねばならない手形を抱えて身動きが取れない状態になっていたらしい。夫婦で共謀し、誘拐を企てたってわけだ。娘が殺されていなくて本当にほっとしたぜ」

親爺《おやじ》に皮焼きを注文し、ビールをあおる。

「暴走族の連中が盗んだ堺屋の車は、荒川沿いは荒川沿いでも、テレビ塔や荒川大橋のあった埼玉県下から盗まれたわけじゃなく、轢き逃げ事件のあったあの十字路の、ボートが係留されていた付近の路上から盗まれたものだったんだ。堺屋は荒川大橋で身代金を受けとり、跡をたどられないようにボートで逃走した。そして、あのマンション裏のボート置き場に乗りつけた。計画では、そこから自分の車で逃げるつもりだったんだろうが、暴走族の連中が盗んじまったので車が見あたらねえ。ボート置き場から、あわてて逃げだした堺屋は、あの十字路で大学生の運転するセダンにはねられて死亡しちまったってわけだ。おそらく車のキーを、手に握りしめていたんだろう。だからはねられたショックで、U字溝の中へ落ちたのさ」

汗をハンカチで拭《ぬぐ》い、言葉を継いだ。

「身代金を差しだした家族から聴取した話によれば、《入れて帰れ》って指示は、荒川大橋の下のポリバケツに貼ってあったらしい。そう指示した脅迫状だけ、鞄《かばん》にではなく堺屋のポケットに入っていただろ。堺屋は、相手が自分の要求どおりに鞄を置いてかえるのを確認したのち、鞄と脅迫状とを持ちさったというわけだ」

庄野はそこまでいうと、並んで止まり木に腰を下ろした中本係長にビールを注《つ》いだ。

係長は、ちらっと庄野たちを見やり、いくぶん照れたように頬をゆがめた。

「堺屋は発見されたとき、轢き逃げされて口のきけねえ気の毒な死体だったんだ。人を見たらまず善人と思えってのは、悪いことじゃねえよ。そうだろ、チョウさん。そうじゃなけりゃ、こんな商売はつづけていられねえ」

はたはたと扇子を使いながら吐き捨てる。

ビールで躰中の疲れをいやす刑事たちの前に、焼きあがった皮焼きが差しだされた。

刹那の街角

一

冷気が排気ガスの臭いをアスファルトに押しつけている。

雪のひとひらも舞い落ちてきそうな四谷《よつや》の信号を、堀江刑事は上智大キャンパスのほうに横断した。新宿通りから、そのまま上智の敷地に沿って曲がり、曲がってすぐのところにあるコンクリートの階段で土手に上った。桜の季節には、花見のサラリーマンと大学生で賑《にぎ》わうお濠《ほり》沿いの土手だ。午後の中途半端な時間のいま、人通りはなく閑散としていた。

刑事が周りに聞かれたくない会話をするのに、最適の場所だということだ。

革靴の爪先が冷えている。

浦部《うらべ》元雄《もとお》、通称「ガンさん」は先に来ており、コートの背中を丸めてコンクリートのベンチにすわっていた。白い息を鼻先にまといつかせながら、眼下にのびるJRの線路と、その向こうに広がるグラウンドとをぼんやり見やっている。近づく堀江に気がついて、手に丸めて持っていた写真週刊誌を振って見せた。

隣りに並んで腰を下ろすと、四角い顔を笑みで崩した。

「すいませんね、旦那《だんな》。忙しいところを」

両頬がこめかみのほうに移動して、それにつれて顎《あご》の位置までずり上がったように見えた。下顎に余分な肉がついており、顎の輪郭を曖昧《あいまい》にしているのだ。両目が大きく、こうして微笑んでいてさえ黒目がちだ。童顔だが、実際の年齢は今年二十八になる堀江よりも確実に十二、三は上、すなわち四十は越えている。ぼっちゃん刈りと呼ぶしかない髪はふさふさと濃く、鼻の頭はほとんど一年中赤い。

堀江は曖昧な笑みを浮かべかえし、

「なあに、あんたらと会うのだってお勤めのひとつさ」

部長刑事《デカチョウ》の庄野の口調を真似ていってみた。いつもは庄野に連れられて一緒に会う男で、こうしてふたりきりで会うのは今日がはじめてだったのだ。

「どうだい、そっちの景気は？」

「いや、もう。このご時世ですからね。稼ぎはバブルの時の半分以下ですよ。ダンピング競争も激しくなるばかりだし。この暮れは、越せねえかもしれませんね」

ガンさんは眉《まゆ》をひそめて見せ、心持ち声を落とすようにしていった。

池袋の路地裏にあるマンションの一室で、ビデオ屋をしている男だった。警視庁にとっては、取り締まるべき時には取り締まらなければならないビデオの販売である。

だが、少なくとも中本警部補を係長とする一課の《中本軍団》の刑事《デカ》たちだけは、ガンさんの商売については見て見ぬふりをしている。ただし、同じ一課でも他の班が何かの事情で挙げた時には嘴《くちばし》は突っ込めないし、もちろん地元署が摘発した時にもとめることはできない。

ネタ元。すなわちタレ込み屋は、刑事が個々人で抱えているもので、他署はもちろんのこと同じ本庁であってさえ、他の部署に対して庇《かば》ってやることはできないのだ。庇えば、タレ込み屋《オモヤ》がタレ込み屋であることを公にするようなものだ。

いくつもの商売を転々としてきたこの男には、前科が両手の指の数だけあった。両手とも小指は欠けている。組から足を洗ったものの、完全に違う世界には行ききれなかった男。すなわち、ネタ元として有効な存在であり、部長刑事とは長いつきあいらしかった。

世間話のつもりなのだろう、ガンさんが競馬や競輪の話題を振ってきたが、堀江は両方ともやらない。聞き流して尋ねた。

「それで、今日はいったいどうしたんだい？」

堀江にじかに電話をよこし、ちょっと相談に乗ってほしいことがあるといってきたのだった。

むろん、堀江がここにやってきたのは、庄野と相談のうえの行動だ。「おまえさんが頼られたんだ。ここは一発、おめえひとりで行ってこいよ」部長刑事は、そういって新人刑事を送りだしたのである。

「へえ、それなんですが。じつはね、旦那を見込んで、ひとつ頼まれてほしいことがあるんですよ」

ガンさんは堀江の目を見つめ、穏和な表情を浮かべたままで切りだしてきた。

「聞いてやれる頼みならば、もちろん聞くがな。どういうことなんだ？」

堀江がいうと、たばこを抜きだし、火をつけるまでのあいだ言葉を選んでいるように見えた。

「お恥ずかしい話ですが、これのことなんです」

第一関節から先がない小指を立てて見せた。「女を、探しちゃもらえないですかね」

「どんな女なんだい」

照れ臭そうに視線をそらした。

「へえ、女房なんでさあ」

堀江は何とも応じないまま、ガンさんの横顔を見やっていた。

「じつはね、先週から行方が知れなくなっちまいまして――」

「ちょっと待てよ。なあ、ガンさん」と、呼びかけた。「チョウさんから聞いてるし、何かのときにあんた自身の口からも聞いたことがあったはずだが、あんた、たしか独身貴族のはずじゃなかったのかい」

「へえ、まあ」ガンさんは両目をしばたたいた。「暮らしとしちゃあ、独身なんで」

「別れたカミさんってことなのか？」

「いえ、それが、そういうわけでもねえんですが。つまり、一緒に暮らしたことはないわけでして」

堀江は指先で首筋を掻《か》き、チューインガムを取りだして口に投げ入れた。たばこを喫わない堀江にとって、間をもたせる小道具はガムだ。「なあ、あんた、何をいいたいんだ？」

「つまり、その、戸籍上の夫婦なんでさあ……。なんというか、これも人助けでして、こっちで苦労してる外国の女をひとり、救いあげたといいましょうか」

相手のとぼけた物言いに呆《あき》れ、堀江は途中で遮った。

「おいおい。相場は五十万ってとこなのか。それとも、百万ぐらいはふっかけたのか」

「まあ、旦那。それは聞かないことにしてくださいよ」

ようするに、ビザのない外国人を入籍させ、強制送還にならないようにしてやったというわけだ。大方どこかの暴力団のヒモが付いた人材派遣業者《プロモーター》が持ちかけてきたにちがいない。もちろん、法律上のことだけをいえば、紛れもない結婚だ。

「どこの国の女なんだ？」

「中国です。福建省の出だったと思います」

「どうせ、もともと面識もないような女じゃないのか。行方が知れなくなったってのは、どういうことなんだ？」

「それなんですが、旦那は、先週新宿署がやった、ファッション・ヘルスの摘発はご存じですか？」

「ああ」

売春の摘発は、警視庁でいえば、防犯部の保安一課の仕事だ。ただし、ファッション・ヘルスをいちいち取り締まるほどには、どこの警察も暇ではない。八四年に施行された新風俗営業法以降、あくまでも表向きは「性交渉がない」と定義されるファッション・ヘルス業は、取締りの対象からはずれた。だが、今回の場合は、経営者が麻薬に手を染め、それが店の従業員や客のあいだにも広まっていたため、警視庁保安二課と新宿署が合同でそれを押さえたのである。

「あんたの女房は、そこで働いてたのかい？」

「ええ、そうなんですよ。っていうか、そうだったはずなんです。ところが、ちょいと新宿署で懇意にしていただいてる旦那にお願いして、調べてもらったんですが、捕まったなかにはいなかったんでさあ」

〝懇意にしている〟という表現が気になったが、堀江は見逃すことにした。蛇《じゃ》の道は蛇《へび》。ガンさんのような男と話す場合、細かいところにこだわっていると、要件が先に進まなくなる。

「よかったじゃねえか。それじゃあ、うまく逃げおおせたってことだろ」

「それが、違うんですよ。逃げたんなら、あっしだってそれで胸を撫《な》で下ろして、こうしてオモヤの旦那にお願いにあがったりしませんや。そんな女は、もともとそこにいなかったってことなんです」

「ガンさん、順を追って話してくれないか。まず、だいいちに、その女との関係だが、あんた、戸籍を貸してただけじゃないのかい？　なぜ、女がいたファッション・ヘルスのことまで知ってたんだ」

「それなんですがね」ガンさんは赤い鼻の頭を指先で掻き、いっそう赤く染めながら、こっちを見ようとはせずにいった。

「律儀な女でね。会ったこともねえ俺に、月にいっぺんずつ手紙を寄越してたんでさあ。まあ、手紙っていっても、相手は外人ですからね。ほんとにつたねえ、簡単な内容だったんですがね」

「なるほど。それじゃあ、その手紙であんたは、女がファッション・ヘルスにいると聞かされてた。ところが、摘発されてみると、影もかたちもねえ」

「それだけじゃねえんですよ。ほんとは、今週のはじめが、手紙が来るはずの月にいっぺんの日だったんですがね」

「待てど暮らせど、来ないってわけか」堀江はガムを包み紙に吐きだした。「なあ、ガンさん。あんた、何か勘違いをしてねえか。あんたは金をもらって、戸籍を貸しただけなんだろ」

「――――」

「月に一度の手紙が来ないからといって、いったいそれがどうしたんだ？　大方、女のほうはファッション・ヘルスの摘発であたふたして、逃げまわってるところだと思わないかい」

ガンさんは不安そうな顔を隠そうとせず、白い息を吐き落とした。

「あっしも、それなら気を病むこともねえんですが、どうも気になってならねえことがあるんですよ」

堀江のほうに躰《からだ》を捻《ひね》り、失礼しますと断って、耳元に唇を寄せてきた。人通りのない真冬の午後だ。堀江にはガンさんのそんな態度が芝居がかったものにも感じられ、あまり打ち解けないほうがいいだろうという警戒心がぶり返した。煮ても焼いても食えない男であることは、確かなのだ。

ガンさんの息は、わずかに大蒜《にんにく》臭かった。

2

管理人はてかてかに禿《は》げあがった頭を窓から覗《のぞ》かせ、堀江が警察手帳を示してもなお、楊枝《ようじ》を唇から離さなかった。

「205の、王《ワン》さんね」といい、つまらなそうに鍵《かぎ》を差しだした。

本来ならば、捜査令状が必要とされる行為である。だが、外国人を相手にしているアパートの場合、こうして鍵を要求しても、管理人に難しい顔をされることは少なかった。彼らとて、警察を竹馬の友と思っているわけはない。ただ、住人たちのプライバシーなど、ないに等しいと思っているだけだ。

堀江はそこに差別の匂いを感じるが、深く踏み込めば自分たちの仕事をやりにくくもする。特にドラッグについて、現在この国を率先して汚しているのは、そのすべてとはいわないまでも多くは外国人の組織だ。この管理人のような協力的な日本人が多いほうが、捜査にとってはありがたい。

時おり堀江は、大学にいたころのように、正義だとか人権といった抽象的なことについてはあまり考えなくなっている自分に気づくことがあった。抽象的な考えは、目の前の具体的な事件を解決してはくれないのだ。

階段掃除は、このアパートでは管理人の仕事には入っていないようだ。皮肉な気分でそう思いながら二階に上った。階段には埃《ほこり》がたまり、スナック類の空き袋が冬の風に乗って舞い降りてきた。

昭和三十年代ぐらいに建てられたように見える、耐震構造などおかまいなしといった感じの鉄筋アパートだった。二階建て。高田馬場駅のちょうど裏側にあたり、屋外廊下を歩いていると、駅のアナウンスが聞こえてきた。ガンさんが女の手紙から書き写してきたという住所が、ここだった。

玄関の奥はすぐにキッチンで、その向こうに四畳半がひとつあるだけだった。キッチンの左手に、トイレのものらしい扉があるきりで、浴室はついていないようだ。靴を脱いで振りむくと、ガンさんは戸口で突っ立ったまま、躊躇《ためら》うような表情を浮かべていた。

堀江はキッチンを横切って奥の和室を目指した。

女の部屋らしい感じはおろか、人が暮らしている感じにさえ乏しいほどに、物の少ない部屋だった。見方を変えれば、綺麗《きれい》好きということにもなるのだろう。窓際に卓袱台《ちゃぶだい》が置いてあり、その上に、壁に寄せ、小さな鏡が立てかけてあった。安物の化粧品がいくつか並んでいる。それが唯一の目につく女らしさだ。鏡の隣りに、写真立てがひとつ。写真のなかでは、人民服姿のひと組の男女が、レンズを見て微笑んでいた。彼らのすぐ後ろには田圃《たんぼ》が、遥《はる》か彼方《かなた》には山肌を露わにした禿げ山が写っていた。

卓袱台の足下にCDプレイヤーがあり、日本の若いロック・グループのCDが、何枚かそばに転がっている。左側の壁に寄せて籐《とう》椅子がひとつ。それが向いている正面に小型のテレビ。すわる者のいない籐椅子には、中国語の薄い雑誌が一冊と、壁からコードを尻尾《しっぽ》のようにのばしている電話機とが載っていた。

キッチンに立ったまま、あたりを見回しているガンさんをちらっと振りむいたのち、堀江は押入れを開けた。

上段には鉄のパイプが取りつけてあり、服が並べてかけてあった。数は、決して多くはない。ハンガーをずらしながら、ざっと服の感じに目を通すと、地味で目立たないものが多かった。

風俗関係の仕事をしている女の服とは思えなかった。

「何か奥があるかもしれねえぜ。やつらの世界は、なかなか俺たちには想像がつかねえ。いっちょガンさんの言葉に乗せられたふりをして動いてみろよ」

堀江は、先ほど電話で交わした、デカ長の庄野との会話を思いだしていた。

ガンさんを手招きし、押入れの服を見せた。

「たしかにあんたのいったとおり、ファッション・ヘルスで働いてたってわけじゃないのかもしれねえな」

「そうでしょ」ガンさんは堀江にうなずいて見せ、かすかに鼻孔を動かした。

それで堀江も気がついた。香水の匂いもしていない。

「すると、なんでファッション・ヘルスの連中は、あっしに向かって、花妹《ホアメイ》のやつがてめえのところで働いているような振りをしたのか……」

ひとりごちるような調子で、つぶやいた。

堀江は無言で首筋を掻《か》いた。

王花妹。戸籍上は、ガンさんと同じ苗字《みょうじ》になっているのだから、浦部花妹というべきか。年齢は二十四歳で、福建省のミン川沿いにある小さな農村の出身。去年の夏に日本に来て、めでたくガンさんの戸籍に〃嫁入り〃した。彼女が、今回摘発されたファッション・ヘルスで働いていると偽っていたのは彼女ひとりではなく、じつはファッション・ヘルスの経営者たちもまた、ガンさんに対し、花妹が自分のところにいると話したことがあるという。連中がグルになって、あっしを騙《だま》してやがったのが、どうも気になってならねえんですよ。四谷の土手で、ガンさんは、堀江の耳にそう囁《ささや》いたのだった。

「あれが花妹なのか?」

堀江が顎《あご》で指し示すと、ガンさんは卓袱台の写真立てを取りあげた。

老眼のはじまっているらしい目をしかめ、写真を躰から離すようにして見つめた。

「ええ。そうです」

三つ編みの髪。手入れをしていないらしい眉《まゆ》は男のように濃く、鼻も座りがよく唇は厚い。どちらかといえば男顔の彼女を可愛らしく見せているのは、くりっとした瞳《ひとみ》と、健康そうに張りだした頬骨のすぐ下に刻まれたふたつの靨《えくぼ》だった。

男は彼女よりも頭ひとつぶん背が高く、側頭部の毛を刈りあげて、前髪を几帳面《きちょうめん》に七三に分けていた。痩《や》せた男で、少し猫背になって顔を前に突きだすようにして、彼女の肩に腕を回している。

「隣りの男は？」

促すと、「亭主でしょうよ」と、すぐに答えが返ってきた。

「死に別れたらしいです。彼女が生まれた村から三里ほど離れたところにある隣り村の男で、十五の時に嫁いで、二十歳まで連れ添ったんですが、その年の春の洪水でやられたらしいですよ」

「そんなことまで、手紙に書いてきたのかい？」

ちょっと意外な気がして尋ねると、ガンさんは困ったような顔で曖昧《あいまい》にうなずいた。

押入れの下段には、掃除機や収納ボックスが納まっていた。布団は、逆の襖《ふすま》を開けた奥に入っていた。

堀江は手を動かしながら、何気ない口調で問いかけた。

「なあ、ところでガンさん。あんた、ファッション・ヘルスにまで花妹のことを訊《き》きにいったのは、なぜなんだい？」

「そのことですかい……」

ちらっと目をやると、ガンさんは照れ臭そうに頭を掻いていた。

「戸籍を貸しただけの女だ。会わねえにこしたことはなかったんでしょうがね。毎月手紙をくれるもんですから、ちょいと興味を覚えましてね。顔を見にいったんですよ。まあ、実際は会えなかったわけですがね」

ただ顔を見るだけのつもりだったわけではあるまい。なにしろ、ファッション・ヘルスだ。堀江はかすかに苦々しいものを感じた。ふたりは、戸籍上はれっきとした夫婦だ。それが、ファッション・ヘルスの女と客として会うなど、どこかがおかしいというべきじゃないか。

「あんたはこっちを見ててくれ。アドレス帳のたぐいや、手紙類などが見つかったら、隠さずに教えろよ」

いいおいて、キッチンに移動した。

ざっとあたりを見渡してから、流しに歩き、ガス台の汚れ具合もふくめて調べた。それから床に屈《かが》みこみ、流しの下の扉を開けた。鍋《なべ》やザル、石鹸《せっけん》の買置きなどが入っているだけだった。

トイレを開けて覗《のぞ》いてから、玄関のドアにもどって新聞受けの内蓋《うちぶた》を開けた。新聞は取っていなかったようだが、チラシが何枚か入っていた。どれも、興味は引かなかった。

冷蔵庫の扉を開けた。

大した食料品は入っていない。一リットルの牛乳パックの賞味期限を読むと、三日前の日付だった。ラップにくるまれた野菜がいくつかと、インスタント・コーヒー。マヨネーズにマーガリン。

何気なくマーガリンのケースに手をのばし、指先に妙な感じを覚えた。何か固い物が、内側で揺れた気がしたのだ。

マーガリン・ケースを取りだして蓋を開けた堀江は、息を飲み、キャッシュ・カードを一枚摘みあげた。

キャッシュ・カードは、合計四、五十枚はありそうだった。

3

「それで、ガンさんには何と話したんだ?」

覆面パトカーの後部シートで、堀江が押収してきたキャッシュ・カードをぱらぱらとめくりながら、庄野が呟《つぶや》くように訊いた。数えたところ、四十三枚。銀行も、支店も、そしてもちろん名義もすべて別々のカードである。

「ええ。とにかくチョウさんと相談して、王花妹って女を見つけてやるから安心しろと」

「そうじゃなくさ。このキャッシュ・カードが、女の部屋にあったことについて、おめえがどんな考えを話したのかって訊いてるのさ。やっこさんに、あんまりてめえで女のことを嗅《か》ぎまわらねえよう、釘《くぎ》を刺しといたほうがいいのかもしれねえと思ってな」

「それなら安心してください。ちょうどガンさんは、部屋の押入れのほうを探してたところでしてね。チョウさんに相談してからと思って、すばやくコートのポケットにしまいこんだので、この件は何も知られちゃいないんですよ」

庄野はにっと笑みを浮かべた。「そりゃあいい機転だったな」

覆面パトカーは、いま、高田馬場駅からほど近い早稲田《わせだ》通りに駐車してあった。庄野たちが到着するまでのあいだに、アパート付近の聞込みをざっと済ましていたものの、誰も女とはほとんど接触がなく、暮らしぶりについても交友関係についてもまだ不明なままだった。

聞込みは、現在、先輩刑事の轟が引き継いでおり、女の部屋については、ベテランの山村刑事が探索している。はち割りの名人と呼ばれ、《中本軍団》の懐刀とされているデカだ。堀江たちに見落としがなかったかどうか、あらためて目を走らせているわけだった。

「それで、おまえはどう思うんだい？」

庄野が訊いた。

「どう思うって……。偽装結婚でこの国に留まってる女が、これだけのキャッシュ・カードを冷蔵庫に隠してたんですよ。盗品に決まってるじゃないですか」

「盗んできて、そして後生大事に冷蔵庫にしまいこみ、どうするつもりだったと思うね」

「それは……」

「だいいち、これだけ大量のカードを盗んだとなると、ただのコソ泥の犯行じゃないぜ。

裏に大がかりな組織がいると考えにゃあなるめえ」

堀江は考えこんだ。だとすれば、組織がさまざまな手口で集めた盗品のキャッシュ・カードが、王花妹という女の安アパートに、何らかの理由で集められていたことになる。何のためだ？　女はいったい、どんな役割をはたしていたのだろうか？

そこまで思いかけ、堀江ははっと顔を上げた。

「チョウさん。盗品じゃなく、変造カードの可能性はないでしょうか」

「変造カードを使った、キャッシュ・ディスペンサー荒らしかい」

「変造人は別にいて、女はカードで金を下ろす係りを担当していた」

「だから、これだけ大量のカードを隠し持っていたというわけかい」

「ええ」

「面白い考えだが、それはないだろうぜ。キャッシュ・ディスペンサーを荒らすだけなら、見かけまで本物そっくりのカードは必要ねえだろ。九分九厘、これは本物さ」

庄野は堀江とやりとりを交わしながら、頭をフル回転させている。部長刑事という立場上、部下たちと言葉を往復させながら考える習慣がついているのだ。

「ところで」と、堀江のほうに顔を向けた。「ガンさんだがな、ファッション・ヘルスの連中からは、たしかに王花妹って女が店にいると聞かされてたんだな」

「ええ」

「ファッション・ヘルスのなんてやつからそういわれてたのか、訊いたかい？」

「すいません、そこまでは」

「なあに、別に謝ることはねえよ」

庄野がいったとき、車のガラスが指先で叩《たた》かれ、ドアを開けると山村が屈みこんできた。

「だめですね。部屋にゃあ、手がかりらしい手がかりはなしですよ。手帳やアドレス帳の類《たぐい》は、必ず身につけている習慣だったのか」

「あるいは、あえてそういったものは作ろうとしなかったのか、だな」

庄野はそう応じ、山村に向かってマーガリンのケースを差しだした。「ヤマさん、悪いがこれをすぐにオモヤに持ちかえり、紛失及び盗難届けが出ているカードのリストと照らしてくれねえか。俺は、堀江と一緒に新宿署に回ろうと思うんだ」

うなずく山村を残し、庄野は運転係に命じてパトカーを新宿へ向けさせた。


「なんだい、今度は本庁の旦那《だんな》とは、ずいぶん今日は忙しい日だな」

新宿署に勾留《こうりゅう》中の容疑者である通称・杉山直斗《すぎやまなおと》、本名・金直斗《ジン・ジードウ》は、取調べ室に入ってきた堀江と庄野の顔を睨《ね》めつけるようにしてうそぶいた。

「とっとと送検してくれよ。悪うございましたと認めてるんだ」

ファッション・ヘルスを仕切っていた男で、年齢はまだ二十歳そこそこ。日本生まれの華僑《かきょう》であり、言葉はぺらぺらだった。何が悪いとでもいいたげな口調に、堀江は思わず顔をしかめたが、庄野はどうでもいいという表情で金の向かいに腰を下ろした。

「金さんよ。おまえさんのやってた商売のことはどうでもいいんだ。ヘルスのことも、クスリのこともな。それは、新宿署のヤマなんでね」

いいながら、たばこを取りだし、一本を相手に差しだした。

「いらねえよ。俺は健康に悪いものはやらねえんだ」

金は首を振りながら、油断のない目つきを部長刑事に向けた。何を掘りかえされるのか、警戒している顔つきだった。叩けばいくらでも埃《ほこり》が立つにちがいない。

「王花妹という女の話を聞きたいのさ」

「なんのことだい。そんな女は、知らないぜ」

「知らないならいいんだがな、それじゃああんたらは、なぜ王の亭主には、知ってるようなふりをしてたんだ？」

「王の亭主だと？」

「池袋のガンさんさ」

「よしてくれ。あの男は、ただ戸籍を貸してるだけだろ」

「おいおい、どうしてそんなことを知ってるんだ。おかしいじゃねえか。おまえさん、王花妹って女は知らないんだろ」

「とっ捕まったあとで、こっちのデカさんから聞かされたんだよ」

ガンさんがいっていた、〝新宿署でちょっと懇意にしている刑事〟というやつだろう。

庄野はちらっと堀江を見てから、金のほうに顔をもどし、煙をひと筋吐きだした。

「なあ、正直に話したほうがいいぜ。じつはな、花妹の部屋から、大量のキャッシュ・カードが発見されたんだ。こりゃあ、ただごとじゃない。大がかりな窃盗組織が裏にいるかもしれねえ」

「よしてくれ。そんな女は知らないといってるだろ」

金は目をそらして、足を組んだ。

「しかも、この女の行方が知れねえんだ」

庄野はつづけた。「殺されてる可能性だってあるかもしれねえと、おりゃあ、そんなふうに踏んでるのさ。罪状は、麻薬だけにしときたいんじゃないのかい。窃盗やら殺しまでしょいこむかね」

「けっ、そんな脅しにゃあ乗らねえよ。知らねえもんは知らねえんだ」

「なあ、金よ」

庄野は猫なで声を出した。「そうやって知らねえといいはりゃあいいはるだけ、自分の立場がまずくなっていくのに気づいてねえようだな。おめえらはビデオ屋のガンさんに、王花妹って女は自分のところにいると偽ってたんだ。なんなら、ガンさんに、正式に証言させてもいい。忘れるなよ、野郎は王花妹の亭主なんだぜ」

「——戸籍上の話じゃねえか。女に情が移ってるわけでもあるめえに」

「ガンさんは、女の身を心配してるんだぜ。それでおめえのところにも、女の行方を聞きにいったんだろ」

堀江がいうと、金は莫迦《ばか》にしたような顔を向けてきた。何か引っかかる視線だった。

口を開こうとする堀江を遮り、庄野が吐きつけた。

「戸籍上の亭主だなんてことが、おめえに証明できるのかい。誰にもできやしねえんだ」

「――」

「なあ、このままだと、おめえが事件の矢面《やおもて》に立たされることになるんだぜ。話しちまえよ。女がおめえのところにいることにしろと、頼んできた人間がいるんだろ。誰が、いったいどんな理由で頼んできたんだ？」

4

陳明貴《チエン・ミングイ》。

女たちを、大陸からこの国に送りこんでいたプロモーターの男。

王花妹を日本に入国させたのも、日本のある暴力団に頼んで戸籍を貸す人間を探し、ガンさんと女の縁組みをさせたのも、そして、自分に金を摑《つか》ませ、花妹がファッション・ヘルスで働いているよう、どんな人間に対しても偽るように頼んだのもこの男だ。――そういい、いい、はちを割った金に、

「どんな人間にも、といわれたんだな」

庄野は念押しをした。さらには、陳の身元や立ち回り先について、金が知っていること

を絞るだけ絞った。陳は、表向きは経営コンサルタントの看板を上げている、れっきとした実業家だとのことで、捜査としてはそこからたどりやすいはずだった。堀江は庄野に促されて取調べ室を出た。

廊下の自動販売機でコーヒーを買い、先に堀江に差しだしてくれた。

「俺たちゃあ、手分けして陳って男を探しだす」

自分の分に口をつけ、眉間《みけん》に皺《しわ》を寄せた顔でデカ長はいった。「親爺《おやじ》に連絡して、人手をもっと割いてもらうことにするぜ」

親爺とは、中本係長のことだ。

「おまえのほうは、もう一度ガンさんに張りつくんだ」

堀江はうなずいた。自分でも、そうしたいと思っていたのだった。ガンさんは、もう少し何か知っている。そんな気がしてならなかった。ただ女から手紙をもらっただけにしちゃあ、女の故郷のことや死んだ亭主のことまで、やけに詳しすぎたような気がするのだ。

「いや、待てよ」

たばこに火をつけ、煙を鼻の穴から吐きながら、庄野はひとりごちるようにいった。コーヒーを飲みほし、

「陳のほうは、親爺に頼むことにして、やっぱり俺もおめえと一緒に行くぜ」

何か思惑がありそうな口調だった。

「陳という男が、組織の黒幕ですかね？」

堀江がそう尋ねたのは、覆面パトカーに乗りこんでからのことだった。どこに耳があるかわからない所轄の建物で、迂闊《うかつ》なやりとりはできない。これは、本庁《オモヤ》のヤマなのだ。

「それはまだわからねえが、経営コンサルタントなんていう表向きの顔を持ってるってことは、決して下っ端じゃねえな。花妹の行方も、組織の概要も、この男なら知ってる可能性が高いはずだ。それに、どうもだんだん輪郭が見えてきたようだぜ」

「どういうことです？」

「たぶん、俺の勘にまちがいがなけりゃあ、地下銀行さ」

「地下銀行ですって……」

「ああ。そして、王花妹って女は、日本国内の送金中継ぎ人だったんだ」

地下銀行とは、身元確認が求められるために正規の銀行送金ができない不法滞在者たちが、国元に金を送るために利用する組織のことだ。無論、銀行法違反であり、しかもこうした地下銀行は、密航を斡旋《あっせん》する人間への代金の振込や、窃盗組織の資金洗浄《マネーロンダリング》のための温床ともなっているため、《蛇頭《スネークヘッド》》等の地下組織との関係も密だった。

「送金依頼があると、送金屋は通帳を依頼人に渡す。送金額と手数料を入金させたら、それを日本国内の中継ぎ人がキャッシュ・カードで引きだす。国際電話で海の向こうの組織に連絡を入れると、その組織があらかじめプールしてある資金のなかから、送金相当額を依頼人の家族等に渡す。まあ、だいたいはこういった流れのはずだ。日本国内で貯まった金は、香港かどこかの銀行を経由させて、年に何度か大陸の組織に送るんだろうぜ」

庄野はそう説明した。

「じゃあ、女の部屋にあったキャッシュ・カードは？」

「ありゃあ、あらかじめ何らかの方法で、名義だけを借りてつくった口座のものだろうが、そうしてつくった口座の通帳とカードとが、依頼人と中継ぎ人である花妹のあいだを繫《つな》いでいたことはまちがいなかろうぜ。地下銀行をやるやつらは、大陸の場合、同じ出身地ごとにつるんでるらしい。陳明貴って野郎も、花妹と同じ、福建省の出かもしれねえな。陳が、花妹って女が金のところで働いてるように、どんな相手に対しても偽れと頼んでたって話を聞いてピンときたんだ」

「なぜですか？」

「この場合の《どんな相手》ってのには、俺たち警察は入らねえだろ。警察に対して、働いてもいねえファッション・ヘルスで働いてるなどと偽られたんじゃ、花妹って女だっていい迷惑さ。花妹や陳たちが、自分たちの商売を偽る必要があった相手とは、不法滞在してる他の国の連中や、同じ大陸でも他の地方出身の連中、そして、何より警戒していたのは、同じ親組織の傘下にはいねえ窃盗もしくは強盗団だろうぜ。四六時中、金を扱ってる〝銀行業務〟なんだ。狙われたら、命がいくつあっても足りねえからな」

「なるほど」堀江はうなずき、しばらくしてから部長刑事の顔を見た。「ところで、チョウさんは、王花妹って女は殺されてると思ってるんですか？」

庄野はゆっくりと首を振った。

「なあに、さっきのは、金を脅すためのはったりだがね。そんなことがねえように祈ってるよ」

「ふうむ——。そういうことだったんですかい」

ガンさんは庄野の説明を聞いて、どんぐり眼《まなこ》をぱちくりとさせた。

ビデオ屋を営業しているのと同じマンションの最上階に、ガンさんはひとりで住んでいる。店番は、若いチンピラをアルバイトで雇ってやらせており、刑事ふたりを自宅のほうで迎えたのだった。

男所帯で、お世辞にも綺麗《きれい》とはいえない部屋だったが、観葉植物を育てるのは好きらしく、鉢植えがそこら中に置いてあった。商売道具のビデオにくわえ、情報源に必要なのか、いかがわしい雑誌も散乱している。そんななかに、釣りの雑誌や競馬競輪関係の雑誌も混じっていた。雑誌以外の活字は読まない男らしい。

「それでなあ、ガンさん。ちょいと俺のほうでも聞きたいことがあってな。こうして一緒に来たわけなのさ」

庄野はガンさんに微笑みかけ、表面だけ見れば非常に人の好さそうな顔をしていった。

「なんでも訊《き》いてくださいや。あっしも精一杯協力しますぜ」

「それじゃあまず、おめえさんといかがわしいビデオ製作会社の関係を話してもらいてえな」

ガンさんのみならず、堀江もまた、デカ長に驚きの目を向けた。

「チョウさん、勘弁してくださいよ。あっしとチョウさんの間柄で、そっちのほうの話はお目こぼしをもらってるとばかり思ってたんですがね。だいいち、今度の一件と、何の関係があるというんです?」

「直接はないだろうさ。だから、べつにそれを咎《とが》めだてはしねえよ。だがな、ファッション・ヘルスの金って野郎は、おめえさんがビデオ屋だって知ってたぜ」

庄野がいうのを聞きながら、堀江は内心で「あ」と声を上げた。同時に、先ほど取調べ室で金がこっちに向けてきた、莫迦《ばか》にしたような視線の意味を悟った。ガンさんの話を鵜《う》呑《の》みにしている自分を蔑《さげす》んだのだ。

「おまえさん、別に花妹って女に情が移って、ファッション・ヘルスまで会いにいったわけじゃあねえんだろ。俺のほうだって、あんたのことはそれなりに押さえてるんだぜ。いくつかのビデオ製作業者とのあいだで、女衒《ぜげん》めいたことをやってるのはお見通しなんだ」

ガンさんは、童顔の奥の脳味噌《のうみそ》をフル回転させているような表情を浮かべたものの、結局、にっと笑みを浮かべた。

「チョウさんにゃあ、かなわねえな。そうですよ。たしかに、あすこのファッション・ヘルスにいた女のひとりをくどいて、主演女優に仕立てたんでさあ。その時、もちろんクラブを仕切ってた金とも会ってましてね。戸籍を貸してやってる花妹って女があのファッション・ヘルスにいることは、律儀に寄越す手紙で知ってたもんですから、金に花妹の話をしたら、ああ元気にやってるよ、なんて笑ってやがったんです。ところがね、ビデオ業者に紹介した女が、たまたま花妹と同じ福建省の出身だったんですが、店にゃあそこの出身は自分だけで、他にゃあいねえと、妙なことをいったんですよ」

「それで、調べてみる気になったたってわけかい？」

「まあ、ちょいと気になりましてね」

「なあ、ガンさん」堀江が話に割って入った。「そうすると、あんたが花妹から手紙をもらってたって話のほうも嘘なのか？」

「ほんとですよ」ガンさんは、怒ったような顔をした。「そうでなけりゃ、情が移ったりしませんや」

——なにが情が移っただ。堀江はガンさんを睨《にら》みかえし、皮肉のひとつも吐きつけてやろうとしたが、庄野が話を引きとった。

「それで、おまえさんがその女から、花妹があすこにいないと聞かされたのは、実際はどれぐらいまえのことなんだ？」

「へえ、先週の、月曜日でした」

「それで、おまえさんはどうしたんだ？」

「アパートを訪ねて花妹と会いました」

「それならそうと、どうして最初からそういわなかったんだ」

堀江は、自分が問いつめる口調になるのをとめられなかった。

隠し事をされたことよりも、それを庄野が相手となるとぺらぺらしゃべっている相手に、何か莫迦にされた気がしてならなかったのだ。

「すんません、旦那《だんな》。隠すつもりはなかったんですが、なんていうか、つい、照れ臭くて。照れ臭いというか……、たぶん、こっ恥《ぱ》ずかしかったんだと思います」

ガンさんが、すまなそうに頭を下げた。

刑事たちは顔を見合わせた。

「何がこっ恥ずかしかったんだい？」

庄野が訊くと、欠けた小指を振って見せた。

「これこの通り、あっしも、ずいぶんあくどいことはやってきた男ですからね。どうしてあの夜が、あんなことになっちまったんだか、自分でもよくわからねえんですよ。でもね、あっしは、なんていうか戸籍上はてめえのカミさんである女を、しかもホテルの部屋まで連れこんで、指一本触れずに帰しちまったんでさあ」

5

アパートを訪ねたガンさんは、ちょうど路地に出てきた花妹と出くわしたのだと語った。

「鉢合わせしましてね。でも、俺のほうは、写真で女の顔を知ってたんですが、向こうは知らなかったんでしょうよ。こっちにゃあ気づかず、どんどん行っちまったんです。それでね、こりゃあちょうどいいと思いまして、後をつけてみることにしたんですよ。夜の仕事ってことなら、遅めのご出勤って感じの時間だったもんですし」

いったん言葉を切ってから、つけたした。

「っていうか、正直にいやあ、何かやばいシノギをしてたなら困ると思って、洗ってみる気になったってのがほんとのとこですよ。女がとっ捕まり、こっちにまで火の粉がかかってくるなら、えらいことですからね」

「それで、女はどこへ行ったんだ？」

庄野が訊いた。

「へえ、西武新宿線で新宿に出まして。そして、そこから新大久保のほうにもどりまして
……」

いいよどみ、たばこに火をつけた。

「新大久保っていやあ、旦那たちにも見当がおつきでしょ」

堀江はちらっと庄野の横顔を見やってから、

「通りに立ったわけか」

「ええ」と、煙を吐いた。「ヘルスならまだ良かったんですがね。まさか通りに立ってやがるとは、思わずぎょっとしましたぜ。こうして旦那たちから話を聞かせてもらえるまでは、地下銀行なんてことは思いもよらなかったですから、きっとファッション・ヘルスの金の野郎とうまくいかなくなって、あすこをおん出たんだと思ったんでさあ。俺への手紙

にゃあ、街娼《がいしょう》をしてるとも書けねえんで、まだそのまんま金のところで働いているような嘘を書いてきてるんだとね」

庄野は目を細めてガンさんを見てから、自分もたばこを取りだし、火をつけた。

「それで、おまえさんはどうしたんだ?」

「どうっていっても、べつにどうもできねえじゃねえですか。この寒い真冬の路地に、じっと突っ立っていやがって——。よほどのこと、金を握らせて今夜は帰れとでもいおうかと思いましたがね。考えてみりゃあ、それも莫迦莫迦しいこった。やつにとっちゃあ、おりゃあ見も知らぬ男です。それこそ変態だと思われますぜ」

ガンさんは自嘲《じちよう》的な笑いを漏らし、灰皿代わりに使っている鯖《さば》のミソ煮の空き缶にたばこの先端を打ちつけた。

「でもね。そのうちに、女が絡まれたんですよ」

「チンピラにか」堀江が引きこまれて尋ねると、憎々しそうに首を振った。

「チンピラなら、あっしもきっと飛びだしちゃあいきませんでしたよ。自警団のやつらでさあ」

「自警団?」

訊《き》きかえすと、庄野が代わって口を開いた。

「街の浄化を訴える、市民団体さ。そうだろ、ガンさん。制服を着込んで、トランシーバーで互いに連絡を取りあって、新宿一帯をパトロールしてるんだ。雨の日も風の日もつづけてるんだから、あれはあれで大変なんだぜ」

「けっ、旦那方は怒るかもしれませんがね。あっしは、ああいう連中は虫が好きませんぜ。あったけえ家があって、てめえたちは何不自由なく暮らしてて、そうはできねえ人間を、バッチイものを見るような目で見てやがる。だけどねえ、旦那。この池袋だって新宿だってそうだが、綺麗《きれい》なもんも汚ねえもんもあるから、街っていうんじゃねえですかね。あっしはこんな商売してて、時にゃあ女をビデオに仲介もしますよ。あんなビデオに出る女は、莫迦でさあ。街頭に立ってる女だって、どうしようもねえ連中だ。でも、莫迦だとかどうしようもねえってことと、バッチく汚れてるってこととは違う」

ガンさんはたばこを揉《も》み消すと、すぐに次のたばこを探った。

「名乗り出るつもりなんかなかったんですがね。でも連中は花妹に向かって、ここに立ってちゃいけねえ、歩かなけりゃいけねえって、どやしつけるのをやめねえんですよ。花妹は、カタコトの日本語で、待ち合わせをしてるだけだっていってるようなんですが、全然聞く耳なんぞ持たねえんです。それがシャクにさわりましてね、つい近づいて、『俺のカミさんに何をしてるんだ！』っていってやったんですよ。そしたら、今度は俺のことを疑ってきやがって、本当に夫婦なんですか、夫婦なら、奥さんの名前をいってください、奥さんの出身地はどこです、日本に来たのはいつですか、なんて、丁寧なのは口調だけさ。だから、端から全部答えてやったんだ」

チェーン・スモークをつづけながら、ガンさんは黄色い前歯をこぼした。

「あんときの、連中の顔を、旦那たちにも見せてやりたかったね。すいません、このところ何度か奥さんに似た女をこのあたりでお見かけしたものですから、なんて頭を掻《か》きながら、逃げるようにして去っていきましたぜ」

「それで、どうしたんだ？」

堀江が訊くと、先ほどと同じ照れ臭そうな顔になった。

「女と意気投合しましてね。っていうか、あんたが金の野郎のところにいないことを偶然知って、心配になってアパートを訪ねたんだ、そしたらちょうど出ていくところだったんで、何か力になってやれねえかと思ってついてきたのさ、ってな出任せをいったんですよ。よかったら何でも相談に乗るぜって、近所のホテルを取ったわけです。スケベ心でさあ、旦那」

童顔に、消え入るような笑顔が浮かんだ。

「ちょっと待てよ、ガンさん」

庄野が、にこりともせずにガンさんをとめた。

「それで、女はあんたと一緒に、その足でホテルへ行ったのかい？」

「いえ、ちょいとどうしても済ましとかなきゃならねえ用があるってことだったんで、あっしの馴染《なじ》みの安ホテルを教えて、夜中にそこで落ちあったんです。どうせ来やしねえと思ってたのに、律儀にやってきましてね」

庄野はたばこを揉み消して、腰を上げた。

「ガンさん、つづきの話はパトカーのなかで聞く。花妹が立ってた路地へ案内してくれ」

「路地へですかい——。なんでまた？」

「おまえさんにゃあ、地下銀行をシノギにしていた花妹が、街娼として路地に立ちんぼをする理由があると思うかい。だいいちな、新大久保ってのは、中国系の組織の縄張りじゃあねえんだ。新宿は勢力地図が入りくんでてな、フィリピン系とか南米系じゃあねえ女があの辺で商売してると、袋叩《ふくろだた》きに合うはずだぜ」

「——それじゃあ、花妹は、あすこでほんとに誰かを待ってたと？」

「いいや。この寒さで、しかも、街娼がたむろしてる路地なんぞで、待ち合わせをするとは思えねえ。あんたさっき、自警団の連中が、花妹に似た女を最近見かけたと言い訳しながら消えていったと話したな。なあ、それが本当に花妹だったとは思わねえか」

堀江は、部長刑事《デカチヨウ》の顔を見つめた。

「花妹って女は、その路地で誰かを見張ってた。——そうですね、チョウさん」

6

捜査の詰めは早かった。

花妹が立っていたという新大久保の路地に行き、ガンさんをパトカーに残して周辺の建物を虱潰《しらみつぶ》しにしはじめたところ、それからいくらもしないうちに、陳明貴の線を洗っていた山村刑事とばったり出くわしたのである。

山村はいつものポーカーフェイスで、陳の弟の明宝《ミンパオ》という男のヤサがここだといい、路地を見下ろすマンションの窓を指さした。

「半年ほどまえに、兄の明貴が、故郷の村から呼びよせたらしいですよ。表向きは、兄の経営する経営コンサルタント事務所の社員ですが、実際の仕事はどうなのか」

路地の端に寄り、小声で庄野に報告した。

「兄弟の多い家族らしいです。だから、何番目の弟なのかを知ってたやつはいなくて、はっきりしませんね。兄貴はかなりの締まり屋らしくて、まあ、地下銀行なんぞを仕切るにゃあもってこいなのかもしれんですが、どうも、聞きこんだところによると弟のほうは、ちょいといろいろ問題があるようですよ」

「問題というと？」

訊きかえす庄野もひそひそ声だった。

「性格的に、だいぶムラっけがあるみたいですぜ。しかも、気性も荒いらしくて、何度か喧嘩沙汰《けんかざた》も起こしてる。それでね、ちょっと気になることがありましてね。どうもこの野郎は、共和会《きょうわ》系の暴力団から賭博《とばく》の借金があるという噂で、このところチンピラがこいつを探しまわってたってことなんですよ」

「兄貴の明貴のほうの線は、そっちで何か摑《つか》めたのかい？」

「同じくヤサはわかりまして、轟が周囲を当たってますが、ちょうど今は中国に帰っていて来週まではもどらねえそうですよ。それに、どうでしょうね、チョウさん。兄貴の明貴が、地下銀行の仕切りを取ってたとすると、なかなか手強《てごわ》いかもしれませんぜ」

「ああ、ムラっけのある弟ってほうから、攻めたほうがいいのかもしれんな」

デカ長は、こういう時に決断を躊躇《ためら》わない男だった。

「とにかく部屋に上がってみようぜ」

堀江と山村を連れてマンションのエントランスを目指そうとすると、パトカーのなかからガンさんが飛びだしてきた。「旦那《だんな》、何かわかったんですかい」と、自分も一緒に行きたそうにするのにいいきかせ、刑事たちはロビーに入った。

エレベーターで目当ての階に上がり、ドアの覗《のぞ》き穴の視野に入らないように注意しながらインタホンのボタンを押して、「書留です」と山村がいった。

ドアが開いた瞬間に、腐臭を嗅《か》いだ。


「ええ――。たしかに、花妹のやつですよ」

ガンさんは女の死体を見下ろし、つまらなそうな口調でいった。

ビニール袋に入れてガムテープでぐるぐる巻きにして、寝室のクロゼットに押し込まれていた死体は、確実に死後四、五日は経っていた。それは、堀江たちにとってさえ目を覆いたくなるほどのものだったが、ガンさんは表情ひとつ変えなかった。

すでに陳明宝にはワッパをはめ、山村が本庁に護送しており、中本の親爺《おやじ》と鑑識の到着を待つばかりの段階だった。部屋にいるのは、いま、ガンさんと堀江と庄野だけだった。

「ねえ、旦那。女はなんで殺されたんです?」

刑事ふたりを均等に見て、ガンさんは気怠《けだる》そうな口調で訊《き》いた。

口を開きかける堀江を手で制し、庄野は顎《あご》の先で居間の方角を指し示した。

「向こうで話そうぜ」

居間に移動し、サッシの窓を開け放った。

冷えた夜風が吹き込む窓辺から、ガンさんを振りむいて言葉を継いだ。

「細かい話は、調書を取るまで何ともいえねえが、ようするに、陳明貴の弟の明宝が、本国に送金する金をかすめてたんだ。ヤクザ者に借金があったらしいから、おおかたその返済に回すつもりだったんだろうよ。送金の中継ぎ役をしてた彼女が、金の辻褄《つじつま》が合わねえことに気づいたのさ。だから、マンションのそばに張りこんで、明宝の動きを見張ってたってわけだ」

「――――」

「兄貴の明貴は、本国に帰っていて、しばらくこっちにいねえらしい。案外、彼女にしてみりゃあ、仕切りを取ってる兄貴がもどる前に、明宝から事情を聞きだし、できるだけ穏便にすませられるよう相談にでも乗るつもりだったのかもしれねえな。だが、女ひとりに対して、相手は追いつめられてる男だ。こういうことになっちまったのさ」

ガンさんは唇を嚙《か》みしめて、部長刑事の背後に広がる都会の空を見やっていた。

「堀江」と、庄野がこっちを見た。「ガンさんを送ってやれ」

ガンさんは微笑み、首を振った。

「なあに、ひとりで帰れますよ。旦那たちは、これから現場検証だなんだで忙しいんでしょ。あっしのことは放っといてくださいな」

堀江が出口に向かう背中を追おうとすると、ガンさんは激しい声を出した。「旦那。来ないでくださいよ」

歩きかけ、こちらを振りむいて、堀江から庄野に視線を流した。

「ねえ、旦那。あの女はね、やってきたホテルの部屋で、てめえは娼婦《しょうふ》で立ちんぼをしてたって、ずっとそう嘘をついたままだったんですよ」

腹立たしげな口調だった。

「へっ、べつにあっしに心を開いてたわけでもなんでもねえ。まあ、地下銀行の話なんぞできるわけがねえんだから、考えてみりゃあそれも当然だ。あっしのほうだって、ひでえもんですよ。ビデオに仲介した女が、たまたま金のヘルスにいたから花妹のことを思いだしただけで、戸籍を貸してあとはそのまんま。しかも、金のところにゃあいねえとわかって考えたのは、何かやべえことをしてるのなら、火の粉をかぶっちゃたまらねえ。そんなことだけだったんですからね」

「よせよ、ガンさん。そんなふうにいうのは」

堀江の言葉は、ガンさんの耳には入らないようだった。

「だけどね、何でだかわからねえんだが、安ホテルであの女を待ってるときに、俺はなんだか倖《しあわ》せだったんでさあ。女が姿を現してくれて、ほんとになんていうか、嬉《うれ》しかったね……。おれゃあ、もちろんあの女を抱くつもりだったんですぜ。まだ衰える年じゃねえ。戸籍上のカミさんで、しかも金で躰《からだ》を売ってる女だ。相手だってそのつもりで来たと思いましたしね。でもね、部屋にすわらせ、ビールを抜いてやると、グラスを持ちあげる仕種《しぐさ》が痛々しくなるくれえ疲れてましてね。それに、あの夜、花妹に絡んでた、自警団のおぼっちゃん連中の顔が頭から離れねえ。なんか、たまらなくあの女がかわいそうになったんでさあ。むかし話を聞いてやると、嬉しそうに話すじゃねえですか」

ちらっとだけ、堀江のほうに目を上げた。

「旦那に聞いてもらった女の身の上は、そんとき聞いたものですよ……。日本語をロクにしゃべれねえのに、そんな詳しい話なんぞ、手紙に書けませんよね」

固い笑みが、かろうじて違う表情になるのを堰《せ》きとめていた。

「なんだかねえ、莫迦莫迦《ばかばか》しい話なんですが、一瞬の気の迷いってやつでしょうよ。俺には、ほんの刹那《せつな》ですけどね、あの女がたまらなく綺麗《きれい》な、汚しちゃあいけねえやつのような気がしたんですよ。世にいう綺麗とか、汚ねえとかいうのは、俺のような学問もねえゲスな人間にゃあわからねえ。だけどね、金で戸籍を貸した男に、だから自分がこの国にいられるのだと感謝して、毎月ガキのような日本語で手紙を送ってくる女に、綺麗な真心がないわけがねえとね……」

結局笑みを張りつけとおしたままで、ガンさんは刑事たちに背中を向けた。

「この死体の状態だと、死んでどれぐらいってことなんでしょうね」

部長刑事が答えると、

「そうですかい……」

猫背な背中を向けたまま、かすかに震える声で呟《つぶや》いた。「それじゃあ、いくら待ってても、あいつの手紙が来なかったわけだ」

捜査圏外

死体《ロク》は腹と胸とに一発ずつ喰《く》らっていた。

柘榴《ざくろ》の花。

「おい、こりゃあ――」

山村刑事が言葉を前歯で擦りつぶす。両手が硬い拳《こぶし》と化した。弾《はじ》かれたように両目を上げ、下ろし、ふたたび被害者《ガイシャ》を見やったあと、今度は重たいものを持ちあげるように、ゆっくりと視線をめぐらせた。視線の先で、庄野部長刑事《デカチョウ》が合掌している。それは、庄野の習慣ではあった。

山村の顔が蒼《あお》く引きつる。「チョウさん……」

庄野は合掌をつづけ、

「こういうことさ――」

山村を見ないままでいった。

「ヤマさん、あんたも手を合わせてやんなよ」

若い堀江は、ふたりのやりとりを黙って見ていた。ただ黙って見ているしかない。堀江が警視庁捜査一課に配属になったのは一昨年の四月だ。被害者、樋口淳一郎《ひぐちじゅんいちろう》は、その三年前に警視庁を退職している。

退職後、守衛としての就職先を見つけた。現場の刑事に天下《あまくだ》る先はない。

死体は焦げ茶色の制服を着ていた。服務中に撃たれたのだ。

頭部のみをビルの染みの浮いた壁にもたせかけ、不自然なかたちで首を折りまげて息絶えていた。流血がアスファルトに広がり、乾いて黒ずんでいる。鑑識課職員たちの屈《かが》みこんだ背中が、元刑事の死体を取りかこんでいた。

車がすれ違うのがやっとの公道に車が停《と》まり、小走りで中本係長が近づいてきた。すこし手前で立ちどまり、一瞬眉《まゆ》をしかめたあと、堀江たちを見回した。

「うちのいちばん乗りは誰だ？」

「私です」

堀江が名乗りでた。堀江は中野坂上の警察寮に住んでいる。職務時間後の事件の場合、大概は郊外に住む先輩刑事たちよりも先に駆けつけられる。

「現場報告」

係長は怒ったような口調で告げ、ずかずかと死体に近づいた。鑑識に混じり、まじまじと死体を見つめなおす。

堀江は係長の背中に向けて報告を始めた。中本はいつもそうさせる。目と耳を同時に働かせるためだ。初動迅速。刑事部屋のデスクの後ろに、でかでかとスローガンが貼ってある。

「強盗《タタキ》です。目撃者の証言から、犯人は三人組。紺色のセダンで逃走しました。襲われたのは、ビルの一室に入っている宝石商の事務所です。犯行は午後十一時前後と思われます。通報は十一時二十三分でした」

「車種の特定はできたのか？」

「いえ、まだです」

中本は雑居ビルに視線を上げた。「事務所ってのは？」

「店のほうは、銀座や新宿などに構えているようです。事務所の名は《谷村《たにむら》宝石》」

「被害は？」

「社長の谷村から事情を聞かないことには、被害の詳細はわかりませんが、事務所内にあった金庫のものがそっくりやられていますね」

「侵入の手口は？」

「一階の便所の窓が割られています」

「遺留品は？」

いまのところは、まだ見つかっていなかった。

「緊急配備に抜かりはないだろうな？」

中本の問いに、

「ええ」

堀江に代わって庄野が答えた。所轄と管内各派出所への緊急警戒の指令、隣接各署へ非常警戒の依頼、国道の検問には別動隊が動いていると、立て板に水で報告する。

堀江は部長刑事の横顔に視線を走らせた。手を合わせていたときの白い顔はそのままだ。

「通報者は？」

堀江が答える。「所轄がまだ聴取中ですが、通行中の男性です。銃声は三発聞こえたそうです。その直前に急ブレーキの音が聞こえ、思わず耳をすましたところに轟音《ごうおん》が響いたとのことでした」

「所轄の指揮は渋谷《しぶや》か」

中本が口のなかでつぶやいた。事件が起こったのは高田馬場×丁目。新宿署の管内だ。新宿署捜査一課係長の渋谷警部補は、中本と警察学校で同期だった。

庄野がうなずく。「シブさんは、守衛室で、ビル管理の責任者から事情を聞いてますよ」

中本は、ちらっと腕時計に目を落とした。

「俺は渋谷に挨拶《あいさつ》を通し、通報者から改めて事情を聞く。チョウさんはビルのなかを当りなおしてくれ。ヤマさんと堀江は周辺調査と聞込みだ。銃声がしてるんだ。聞いた人間なら、誰だってドキッとして注意を払ってるはずだぜ。逃走に使われた車を見てる人間が必ずいるはずだ。車種の特定と遺留品の発見を急げ」

「親爺《おやじ》さん」

中本はいいおき、ビルの入口に向かった。徹頭徹尾、不機嫌そうな声のままだ。

じっと黙りこんでいた山村が口を開き、中本を呼びとめたのはそのときだった。

「シブ長さんと会う前に、ちょっと見てもらいてえものがあるんですが、二分で済みます」

いいながら移動する。

中本は軽く顎《あご》を掻《か》き、山村のあとに付いて歩いた。山村は、課で一、二を争う鼻の持ち主だ。観察力の鋭さには、誰もが一目置いている。庄野と堀江もつづく。

山村がアスファルトを指さした。

「タイヤの擦《こす》ったあとです」

「目撃者がいってた、急ブレーキってやつだな」

中本は応じ、その位置から、改めて樋口の死体が横たわる場所へ目を転じた。距離にしておよそ五メートル。

「急ブレーキと銃声ってのが、どうも気になるんですよ」

山村はいった。

「どういうことだ?」

「タイヤの擦った方向からして、車はあっちへ逃げようとしてた」

路地の先を指さす。

「それを、後ろから樋口さんが追ってきた。ってことはですよ、わざわざ急ブレーキを踏んで、ヒーさんを撃ち殺さなくたって、逃走は可能だったはずです」

一度言葉を切る。

そのあいだに、中本と庄野の視線が辺りへせわしなく泳いだ。

る。堀江はふたりの視線を追いかけた。頭のなかに、可能なかぎり状況を再現しようと努めていた。雑居ビルの裏口は、堀江から見て右手にあった。車は、左手に向かって逃げようとしていた。逃走用の車はどこに駐車されていたのか。それは現段階ではわからない。だが、樋口は右側の裏口から飛びだし、走り去ろうとする車を追ったのだろう。裏口までの距離は、ここからならおよそ十五、六メートル。走ってきた樋口は、真正面から被弾して、後方の壁に弾きとばされた。

「タイヤの跡からして、車は路地に対してまっすぐに停止したはずです。何かの障害物に出くわしたわけじゃありません」

山村は言葉を継いだ。

「三発の銃弾のうち、二発が命中していることを考えると、手だけを窓硝子《ガラス》から出して威嚇のために撃ったというより、顔、あるいは上半身までをも出し、狙いをしぼって撃ったんじゃないでしょうか。しかも、ヒーさんが四、五メートルほどの距離まで近づいてきて、車のわきに回ろうとするのを見定めてです。そう思えてならねえんですが、親爺さん、俺の考えはまちがってますかね」

中本の表情が大きく動いた。

上着の背中に手を回し、ベルトの背中に挟んであった扇子を取りだす。一年中扇子を手放すことのない中本の、考えごとをするときの癖だった。開き、せわしなく右頰を扇《あお》ぎはじめた。

「顔見知りの犯行ってことか──」

呟《つぶや》いた。

「ええ」山村がうなずく。「犯人の誰かが、逃げる途中で、ヒーさんの顔を思いだしたのかもしれねえ。あるいはヒーさんが、逃げようとするそいつの名を呼んだのかもしれねえ。いずれにしろ、犯人は口を塞《ふさ》ぐ目的で、はっきりと殺意を持ち、ヒーさんを撃ったんじゃないか。そう思えてならねえんですよ」

2

第一回目の捜査会議は、深夜二時から開かれた。所轄と本庁との顔合わせをかねた初回の会議は、それぞれの現場責任者が型どおりに名前を名乗りあうことから始まる。

捜査方針は、この段階で二本にしぼられた。

ひとつは、山村刑事が指摘した、犯人は樋口淳一郎と顔見知りの人間にちがいないという仮説にのっとった線。いまひとつは、《谷村宝石》店の内部事情に通じた人間である線だ。

第二の線は、《谷村宝石》社長である谷村吉見《よしみ》に事情聴取した、新宿署捜一係長の渋谷の口から発表された。聴取には、本庁の中本も同席している。これはいわば、地元署に花を持たせたかたちだ。

「被害はおよそ三億円相当のダイヤの原石。谷村の仕事のやり方は、自らダイヤの産出国に出向き、仕入れてくるというものでした。それを加工し、売りに出す。よって、ほかの宝石商よりも安値で売ることができるということらしい。今回盗まれたダイヤは、先週南アフリカより仕入れた加工前の品で、一時的に事務所の金庫に保管されていたものです」

《谷村宝石》は、ダイヤの自社加工工場を埼玉県の朝霞《あさか》市に持っている。二、三日のうちには、そちらの加工場に原石を移すつもりでいた。

「今夜、原石が事務所の金庫に保管されていることを知ったうえでの犯行ではないのか。すなわち、内部事情に通じた者の線を追うべきではないかというのが私の見解です」

渋谷係長は、そう私見を述べて締めくくった。

追って、担当刑事から、金庫と盗難方法についての説明がつづく。

金庫は、《八幡社》製造の107型で、高さ一七五センチ、幅七五センチ、奥行き六五センチ、重さ約二〇〇キロ。床に横だおしにされ、扉がバールのようなものでこじ開けられている。また、ビルの保安管理責任者である警備会社の担当課長に聴取した刑事の口から、守衛の勤務形態はふたりひと組、毎正時ごとの巡回が規則として定められているとの説明がなされた。

「犯人グループが金庫を破り、逃げようとして樋口ガードマンに発見されたのが十一時の巡回のときです。明日実験を試みるつもりですが、金庫をこじ開けるのには、かなりの時間と手間が必要とされたはずです。一〇《ヒトマル》時の巡回が終わったところで侵入し、金庫をこじ開けた。だが、思いのほか手間取り、次の巡回の時間になってしまったとは考えられないか。犯人グループが、巡回の時間を知っていた可能性も考えるべきと思います」

樋口淳一郎とコンビを組んでいた守衛の口から、一時間置きの巡回が順守されていたとの裏付けも取れていた。残念なことに、犯人の顔は目撃されていなかった。

刑事たちの筆記用具がせわしなく動く。

検問、不審尋問に引っかかってきた材料はない。だが、次の捜査会議までには、鑑識からの報告も出るはずだ。

ひととおりの報告が出尽くしたところで、常道にしたがって地取り班、聞込み班、手口班の三つに配置分けがされ、他に樋口淳一郎元刑事の過去のデータを洗う役割が本庁の山村、堀江の両刑事に、また、《谷村宝石》の関係者を洗うために本庁と所轄からそれぞれ三人ずつの刑事が割かれた。初動捜査としては、ポイントのはっきりとした配置である。

第二回会議は明朝八時と決まり、散会となった。

山村と堀江の両名は、すぐに所轄から本庁《オモヤ》に取ってかえした。いうまでもなく、資料室で、樋口元刑事が関わった事件の資料を漁《あさ》るためだ。

堀江が濃いめのインスタント・コーヒーをポットに作る。徹夜仕事の必需品だ。

樋口淳一郎は、現場の埃《ほこり》を三十年近くも吸いつづけた刑事だった。みずから調書を作成した事件だけでも百や二百じゃない。堀江にはほど遠い作業に思えたが、

「ラッキーだぜ。逃走用の車を割りだす連中なんぞは、一万や二万を当たることになるんだ」

山村は、例のいくぶん抑揚に乏しい声でいった。

「強盗《タタキ》のなかでも、手に専門の金庫破り《カミサシ》の技術がねえやつ、仲間にもいなくてヤマを踏んだやつをＡだ」

金庫をこじ開けた今回の一件《ヤマ》は、指先の技術を持つものの犯行じゃない。それ故の指示だった。容疑者のしぼりこみは、Ａ、Ｂ、Ｃのランクに分けて行なわれる。Ａにリストアップした人間からじかに聞込みを始め、目星が立たなかったらＢ、Ｃと当たりを広げるのだ。華やかなことは何もない陰気な作業だが、それに堪えることにしか捜査の進展はない。

作業中、ほとんど無駄話をしない山村が、ちらと腕時計に目を落とし、たばこに火をともしてから、伸びをしながら口を開いた。

「かみさんとは、おまえさんも会ったのか？」

捜査会議のまえに、中本係長は堀江に運転をさせ、樋口元刑事の家がある公団アパートに向かったのだ。アパートは新宿から目と鼻の先の新大久保にあり、深夜なら十五分とかからなかった。電話ではなく、出来事をじかに告げようとする選択は、かつての同僚の家族へのせめてもの心づかいだったにちがいない。中本も、あと五、六年で停年になる。階級は警部補。キャリア組がたやすく手にする今の地位につくまでに、子供は高校を終えて大学に入った。

「それが、会えなかったんですよ」

堀江は書類に目を落としたままでいった。

「会えなかっただと?」

「ええ、留守だったんです」

「息子のところへでも行ったんだろうか?」

堀江もその先は知らなかった。被害者の家族との連絡を取るのは、今やほかの刑事の担当なのだ。黙々と、各々が各々の任務をこなす以外の時間はない。

会話は途切れた。無駄話をしていたら、瞬く間に夜明けが近づいてくる。全資料に目を通し終え、明朝からはランクAの人間を実際に当たりださねばならない。

烏が、つづいて雀が啼《な》くころ、ふたりは仮眠室に潜りこんで二時間だけ眠った。

中本から呼ばれたのは、仮眠室から出てきたばかりの目醒《めざ》めっぱなだ。

「離婚ですか……」

山村の顔から、すっと表情が抜けおちる。ショックを受けたとき、この先輩刑事はこうして表情を消すことに、堀江も刑事《デカ》部屋生活が二年目に入ってから気がついた。

係長は「ああ」とうなずいてから、視線をわずかにそらし、思いだしたように扇子を取りだした。

樋口の細君は離婚したあと、東京の郊外に小さな部屋を借り、ひとり暮らしをつづけてきたと説明を付けたす。ひとり息子はすでに所帯を構え、別のマンションで独立した暮らしを営んでいるらしい。

「すまねえが」

と、言葉を継いだ。

「捜査会議へ出るまえに、堀江とふたりでかみさんを遺体安置室に案内してくれねえか」

「――来てるんですか？」

「ああ。応接室だ」

山村は鼻の頭を掻《か》きながらうなずいた。

樋口淳一郎の別れた妻は、堀江たちが近づくと、腰を上げて深々と頭を下げた。上品な印象が漂う婦人は、黒い服を着ていた。

「御無沙汰《ごぶさた》でした」

山村が小さな声で告げるのに向け、もう一度深く頭を下げた。

3

徐々に秋めいてきてはいるが、陽射《ひざ》しの強い日中は暑い。

朝の会議で山村、堀江両刑事が提出したリストを元に、さらに数人の人手が割かれた。

同じ会議でなされた担当鑑識官の報告で、使用拳銃《けんじゅう》は・三八口径と断定されたが、過去の事件とのあいだで弾丸鑑定の一致はなかった。今日中に山村と堀江がじかに回る分担は八件、午前中に三件を片づけることができた。十年まえにスーパーを襲ったふたり組、十五年から十二年まえにかけて五件の強盗《タタキ》を働いた男、八年まえの土建屋の事件。どれもすでにお勤めを終え、別荘から娑婆《しゃば》にもどっている。うちのひとりはまだ仮釈中だった。

歩きまわるあいだじゅう、なんとなく堀江の頭には、樋口の別れた細君のことが引っかかっていた。それまでずっと無口だった細君は、遺体安置室で遺体と対面すると、いきなり大声を上げて泣いた。山村が不器用そうになだめる言葉も、耳には入らない様子だった。

「宅が、退職してすぐでした」

彼女がぽつりと語ったのは、廊下に連れだしてからだった。

「私のほうから頼んで別れたんです」

「立ち入った質問かもしれませんが、離婚の理由は？」

山村が表情を消して問いかけると、かすかに首を左右に振った。

「今でもはっきりとは申せません。でも、疲れてしまったんです。主人が停年を迎える何年かまえから、漠然と考えていたことでした」

――どういう意味だ。何十年も連れ添った夫に対して、何をどう考えていたというのか。山村はそれ以上踏みこもうとはせず、堀江の疑問とも怒りともつかない感情も宙ぶらりんになった。

二時過ぎにラーメン屋で昼食を摂った。

ポケベルが鳴ったのは日暮れまえだった。山村が公衆電話に飛びこむ。堀江はブースの扉を足の先で押さえ、先輩刑事が交わす会話に耳を澄ました。夕刻の会議までまだ間がある。突発的な進展があったのかもしれない。刑事なら、誰でもそう想像する。願う、というべきだ。ほとんど睡眠を取っていない、重たい躰《からだ》を引きずっての聞込み中となればなおさらだった。

「本庁《オモヤ》へ帰るぜ」

やりとりは一分と経たずに終わり、山村が短く告げた。

「本庁へですか――」

「ああ」

それが何を意味するか、堀江程度のキャリアの刑事でもピンとくる。所轄を締めだしたということだ。

――何があったのか？

指定された会議室に入ると、すでに先に陣取っていた同僚たちがこちらを向いた。中本がはたはたと扇子を使いつづけている。庄野部長刑事の灰皿で、たばこの小山ができていた。

口を開いたのは庄野だった。

「まだ二、三名もどってねえが始めるぞ。ちょいと全員の意見を聞かしてもらいてえんだ」

猛者《もさ》たちを見渡す。

「じつはな、ヒーさんの職場のロッカーにあった手帳から、妙なものが出た」

言葉を継ぎながら、コピーを全員に配布した。

「メモのあったページの写しだ」

堀江はコピーに目を落とした。

「これは――」

軽いどよめきが部屋を這《は》う。そこには、《谷村宝石》の事務所の動向が細かく記されていた。特にくわしいのは社長の谷村吉見の行動だが、事務員の数から、出社退社時間の目安、出入りの人間の名前まである。

斜め読みする堀江の目は、コピーのある箇所にいたってぴたりと止まった。金釘《かなくぎ》の几帳《きちょう》面《めん》な文字で、《荷》が事務所の金庫に保管される期間について触れられていたのだ。

「ヒーさんは、金庫にダイヤが保管される期間をおおよそ摑《つか》んでいた。どうやって摑んだのかも気になるところだが、それよりも問題は、いったいそれを調べてどうするつもりだったのかという点だ」

庄野はたばこに火をつけた。

「チョウさん、そこから先は俺が話す」

中本がぴんと扇子を閉じる。

「ヒーさんの自宅の部屋から日記帳を見つけた。ヒーさんの長男は《野上証券》に勤務しているんだが、その日記によれば、株の暴落騒ぎでかなりの損失を出しちまったらしい。

ヒーさんも相談を受け、ずいぶん気に病んでいた様子がわかった。こっから先は、チョウさんにじかに当たってもらったんだが、実際のところ長男は、現在かなり追いつめられてるらしいのさ。使いこみの線さえ出そうな雲行きで、損失の穴埋めができなければ、刑事事件にまで発展する可能性も考えられる」

一度言葉を切り、あらためて全員を見渡すと、抑揚を殺した声で付けたした。

「ヒーさんには動機がある」

そのひと言で、全員が完全に認めざるをえなかった。退職した刑事《デカ》が、今度の強盗《タタキ》に関連している可能性……。親爺《おやじ》はそれをいっている。しかも、同じ釜《かま》の飯を食った本庁の刑事だ。

「もちろんのこと、所轄との合同捜査は続行する。ただし、この一件《ヤマ》については一部うち独自の動きをするつもりだ。次に名を呼ぶものはヒーさんのここ数日の動きを、残りは《谷村宝石》の関係者でヒーさんに事務所の事情を漏らした可能性がある人間の割りだしを、現在続行中の捜査と並行して行なってくれ」

新たな分担発表が済んだのち、中本はこういって話を締めくくった。

「コピーはここで回収する。全員その場に置いていくんだ。いいか、はっきりしたことがわかるまで、所轄にもブン屋にも絶対に気取られるなよ」

堀江と山村に割りあてられた新たな分担は、樋口元刑事の身辺調査だった。山村はじっ

と黙りこみ、全員が姿を消した会議室で腕組みをしていたが、

「ちょっと新宿《ジュク》へ繰りだすぞ」

ぽつりと告げて立ちあがった。

「新宿のどこですか？」

堀江の問いに、

「来りゃあわかるさ」

と答えたきり、行き先を告げようとはしなかった。

むっつりと表玄関を出て地下鉄に乗る。

一瞬、新宿署へ顔を出すのかと思った予想は裏切られた。《新宿御苑《ぎょえん》》駅で下車すると、大通りに面したケーキ屋でシュークリームを買い、一丁目の裏通りを歩いた。いくつか路地を折れたのち、小さなビルの細い階段を上がった。築数十年は経過していると思われる二階建てで、階下には明りを灯《とも》したばかりらしいスナックが二軒入っていた。

「親分、いるか」

階段を上がりきったところのドアをノックしながら、呼びかけた。

数呼吸待って、答えがないまま中に入ると、髭面《ひげづら》の老人が横たわっていた。

「久しぶりだな、親分」

山村がいうと、老人は黄色い歯を剝《む》きだしにした。「旦那《だんな》でしたかい」布団の上に起き

あがった。

「土産だ」

山村はシュークリームの入った箱を布団の脇に置き、一拍待ってから自分で包みをといた。

「うまそうだが、いけねえや」老人がいった。「小便から糖が出ちまいましてね」

上目遣いに、こっちを見つめてきた。

「それに、ヤマさんが土産持参で来るってのは、危ねえや。その、親分って猫撫《ねこな》で声もやめてもらえませんかね」

山村の目許《めもと》がはじめてほころぶ。

たばこを出して勧めると、老人は今度は素直にもらった。

ジッポで山村が火をつけてやった。

「ヒーさんを憶《おぼ》えてるだろ」

「懐かしい名だ」

「ゆんべ、馬場で殺された。守衛をしていた勤務中だ」

山村はいきなり吐きつけた。

老人は何も答えなかった。

「最近、ヒーさんのことで、何か噂を聞かなかったかい」

「それは聞いてませんがね、宝石商が襲われたとかいう事件で、故買屋筋が洗われてるって話は耳にしてますよ。渋チョウさん、はりきってるらしい。あっしのところにも顔を出しましたぜ」

「本庁《オモヤ》と所轄の競《せ》りあいさ」

「渋チョウさんの気持ちはわかるが、協力はちょっとできませんでしたね。引退したって仲間の秘密は売れねえ。わかるでしょ。刑事《デカ》さんだって同じはずだ」

「そうだな——」

山村は鼻の頭を掻《か》いた。

老人の目が泳いだ。

「やっぱりいけねえや。一個だけもらいますぜ」

にゅっとシュークリームへ手をのばす。見かけによらず甘党らしい。頬張って、それまでの陰気な印象が払われるほどの笑みを浮かべた。指先をぺろっと嘗《な》めながら、

「てっきり山村の旦那も、その件かと思ったんですがね」

「こっちも同じヤマはヤマなんだ。ただ、俺の場合は、故買屋で誰かヒーさんの噂をしていた野郎がいねえかどうかを知りてえんだがな」

「なぜですかい？」

山村もひょいと手をのばした。「俺も一個もらうぜ」

シュークリームを取りあげて、たばこと交互に口に運んだ。

「ヒーさんがこの強盗《タタキ》に関わってた可能性があるからさ」

それまで黙ってやりとりを聞いていた堀江は、思わず「あっ」と息を飲んだ。つい先刻、上司の口から、箝口令《かんこうれい》が敷かれたばかりなのだ。それを、こんなところで口にしてしまっていいものなのか。

老人の表情が変わった。

二、三度瞬《まばた》きを繰りかえしたあと、

「――そりゃあ一大事だ」

唇をかすかに動かして、いった。

4

川谷昌治《かわたにまさはる》、通称ゾロ目のマサ。韓国ルートで、宝石類を捌《さば》く手管を持った男だ。

山村と堀江は靖国《やすくに》通りを横断し、ゴールデン街の方角に向けて急いでいた。

向かう先は、花園神社裏の《ソフィア》。

ふたつめのシュークリームに手をのばしながら、老人が教えてくれたのだ。マサの年恰《かっ》好《こう》と特徴も聞いていた。

「あの老人、誰なんですか？」

堀江は並んで歩く山村に尋ねた。

「長部《おさべ》梅吉《うめきち》。俺とヒーさんで、二度挙げたことがある。かつては香具師《やし》の元締めをしていたんだがな、組を広げすぎて結局分裂が起こり、自分も弾《はじ》きとばされちまって、いまはヒモのような暮らしぶりさ」

「なぜ樋口さんが、あらかじめ故買屋に当たりをつけていたと思うんです？」

「慎重なデカだったからさ。いつもきちっと周りを固める人だった。もしも本当にヒーさんが、ダイヤを盗みだすつもりだったのだとしたら、あらかじめ捌くルートを確保しようとしていたにちがいない。犯罪に踏みきるためのスプリング・ボードだよ」

「山村さんは、この一件に本当に樋口さんが嚙《か》んでいたんだと思いますか？」

尋ねると、山村はちらと堀江を見た。

「俺はいつも、捜査の途中じゃ何も思わねえことにしてるんだ。可能性を天秤《てんびん》に掛けるだけさ」

「――――」

《ソフィア》は看板の明りを灯していたが、中には誰も客はなかった。

奥行き二間に満たない小さな店内で、痩《や》せた女がたばこをふかしている。

山村は警察手帳を提示した。

「ちょいと訊《き》きたいんだがな、客にゾロ目のマサって男がいるだろ？」

女はたばこをくわえたまま、山村と堀江を交互に見た。目つきにこの商売独特のふてぶてしさがあった。

「マサさんがどうかしたんですか？」

「会いてえのさ。今夜は来るかい？」

「さあてね、毎日ってわけじゃあないですから」

「このところはどうだ」

「二、三日は顔を見せませんねえ」

「お茂《しげ》さん、やつの住処《ヤサ》を教えてくれよ」

山村は呼びかけ、カウンターに身を乗りだした。女の表情が動く。「――なんで私の名前を」

「おまえさんの後ろの寄せ書きさ」山村が指さした。「十周年だったらしいな。川谷昌治の名前もあるじゃねえか。常連なんだろ。どこに住んでるとか、話の端々に聞いてるはずだぜ。そろそろ客が入りだす刻限だろ、俺らも長居はしたくはねえんだがな」

女は灰皿でたばこを消した。

「四谷の二丁目あたりですけど、アパートの名前まではわかりませんよ。ただ、《文化放送》裏の公園に面してるって、そんなことをいってたことがありましたけどね。私がいったってことは黙っててくださいよ」

「ありがとうよ」

山村は礼をいって堀江をうながした。

「俺はマサの住処《ヤサ》を当たる。おまえはここに張りつけ」

表に出るなり囁《ささや》いた。

「わかりました」

二時間、待った。

《ソフィア》には、何組かの客が出入りしたが大方はネクタイ族で、マサを思わせる特徴の人間はいなかった。

やはりネクタイ姿の男がひとり、《ソフィア》に入ったのを認めた刹那《せつな》、堀江はふっと目を凝らした。

一瞬、反射的に顔をそらし、電柱の陰に身を引いてから改めて見やる。

――どういうことだ。

路地の向こうに、新宿署の渋谷警部補の姿が見えたのだ。

連れの刑事の姿はなかった。係長になっても単独行動が多い個性派だとの噂は、警察中に鳴りひびいている。中本とは違ったタイプの親爺だ。部長刑事《デカチョウ》だったころの呼び方をそのまま引きずり、《渋チョウ》と呼ばれることが多い。

堀江の視線を捉《とら》えた渋谷が、腰のあたりでかすかに手を振ってみせた。向こうの方が一足先に気づいていたのかもしれない。

堀江は一瞬迷ったのち、仕方なく渋谷に近づいた。

「堀江君、だったな」

「はい」

自然と硬くなった。樋口淳一郎を洗っているのは伏せねばならない。本庁《オモヤ》独自の捜査だ。

渋谷は《ソフィア》に顔を向けたまま、視線だけを堀江に投げた。

「なかなかおめえらもやるじゃねえか。うちが抜くかと思ったんだが、そっちも谷村に目をつけはじめたか」

堀江には、一瞬いわれた意味がわからなかった。

たった今目にしたネクタイ姿の男が、すっと脳裏をよぎっていく。

「――それじゃあ、今さっき《ソフィア》に入ったのは、《谷村宝石》の社長ですか？」

渋谷がはっとした顔で堀江を見つめる。

「こりゃしまった」つぶやいて平手で額を叩《たた》いた。「うっかりしたぜ。おまえは谷村の線で来てたんじゃねえのか」

狐と狸だ。所轄には所轄で、本庁には内緒で探っていた線があったらしい。

「なぜ谷村吉見を？」

「まあ、それは明日の捜査会議を待てよ」

渋谷は急につっけんどんになった。これ以上は、何もしゃべらないという様子だ。

「む、妙だな……」

眉《まゆ》をひそめ、つぶやいた。ふたり連れの客が、たったいま《ソフィア》の戸口から出てきたところだ。堀江の記憶では、谷村以外に店内にいたのはこの客たちだけで、いまや中はママと谷村のふたりだけになったはずだった。

「おい、堀江」君づけが消えた。「ちょいと中を覗《のぞ》いてこい。俺は事情聴取で谷村に面が割れてるんだ」

「――しかし、ママのお茂という女は、私が刑事だと知っていますが」

「ばかたれ。それぐれえうまく振るまえなくてデカが務まるか。俺は裏口に回るぞ。戸口の隙間《すきま》から見えた店内に、谷村の姿がなかった気がするんだよ」

「ほんとですか――」

ふたりは路地を横切った。

渋谷が裏口に回るまでもなかった。

《ソフィア》の扉を開けた瞬間、堀江たちは狭い店内に、お茂以外には誰もいないことを見てとったからだ。

渋谷が堀江を押しのけた。

「今さっきここに来た男はどうした」

睨《にら》みつけると、痩せた女は顎《あご》を突きだして堀江を指した。

「さっきそっちの刑事さんがマサさんのことを聞きにきたっていったら、青い顔をして勝手口から出ていったわよ」

「ちきしょう――」

勝手口の扉を押しあけた渋谷は、左右に目を走らせたが、舌打ちして躰《からだ》をもどした。

「ほかに何を話したんだ？」

「何も話さないわ。一度マサさんに連れられてきただけの客なんだから。いい加減にしてくださいな、刑事さん。営業妨害よ」

渋谷は出口へ走った。堀江もつづく。

飛びでたところで山村に出くわした。

山村が目を剝《む》く。「渋チョウさん――どうしてここに?」

渋谷はその腕を摑《つか》んで移動した。

「ヤマさん、この際お互い隠しっこなしだ。この店まで《谷村宝石》の谷村を尾《つ》けてきたんだが、こっちの動きに気づいて逃げやがった。本庁《オモヤ》は何を追ってるんだ?」

「ゾロ目のマサって故買屋です」

「それが、この店の常連ってわけか」

「ええ」山村はかるく顎を引いた。「渋チョウさんは、なぜ谷村に目をつけたんです?」

「ヤサから何が出た? 大方若いのをここに残し、ヤサを漁《あさ》りにいったんだろ」

渋谷は問いを無視したが、山村はあとに引かなかった。

「こっちの質問に答えてくださいな。フィフティ・フィフティですよ」

「しょうがねえな。俺は今回の一件《ヤマ》が、谷村吉見の偽装強盗だったんじゃねえかと踏んでるのさ」

「なんですって!」思わず堀江は声を上げた。

山村が能面のような顔になる。

渋谷が言葉を継いだ。

「あんたらのボスがどう思ったかは知らねえが、俺はどうも最初の聴取から、谷村の態度が引っかかってたんだ。それで若いのに《谷村宝石》の経営状態を洗わせたら、ここんとこの不景気でかなり苦しいらしい。谷村本人にも多額の借金があることがはっきりした。盗まれたダイヤには保険金が掛けてある。強盗を偽装し、保険金詐取って線を思ったんだが、故買屋との繋《つな》がりまで出るとしたら、闇ルートでダイヤを捌《さば》くことも考えてやがるのかもしれねえな。マサのヤサで何が出たんだ？」

山村はポケットに手を突っこみ、ビニール袋に納めたマッチ箱を摘《つま》みだした。黒字に黄色っぽい文字が刷りこんである。

「令状の件は聞きっこなしですぜ。部屋にこれがあったんです」

刷りこまれた店の名は《カジノ・サンセット》——堀江の頭にも入っていた。なにしろ山村とふたり、徹夜でリストを整えたのだ。たしか、経営者は黒沼克次《くろぬまかつじ》。《戸川組》系の組員で、強盗で葬儀屋を襲った主犯として樋口淳一郎が調書を取っている。捜査圏内の男だ！

「中本に連絡しろ。うちも緊急招集だ。詰めは合同だぜ。抜けがけなしだ」

新宿《ジュク》の名物係長は、警察学校の同期生を呼び捨てにすると、いうが早いか駆けだした。

5

——二日後の警察発表。

警視庁・新宿署合同捜査本部は、本日夕刻、九月××日に発生した宝石商強盗殺人事件の容疑者として、《カジノ・サンセット》の経営者・黒沼克次四十二歳、同店従業員・磯《いそ》部《べ》寛之《ひろゆき》三十二歳、同従業員・大石昇《おおいしのぼる》三十歳の三人を逮捕した。犯行に使用された車は、磯部寛之所有のものと判明。また、逮捕と同時に押収した拳銃《けんじゆう》は、弾道検査の結果、事件当夜樋口淳一郎警備員を射殺したものと一致した。

吸音穴のついた天井が白い。

薄手のパジャマを着た堀江は、それをじっと見つめていた。

逮捕の際に、逃走する黒沼克次からナイフで切りつけられ、太股《ふともも》に全治二週間の怪我を負ったのだ。

軽いノックの音がして目をやると、病室の戸口に、山村刑事が立っていた。

「元気そうじゃねえか」

山村はにっと笑って見せた。

「すぐに退院するつもりですよ。躰がなまっちまう。昨日、親爺《おやじ》さんとチョウさんが来てくれました」

「見舞いが遅れてすまねえな。黒沼から、ゾロ目のマサ殺しを自白させるのに手間取っちまった」

声を低めて、山村はいった。病室には、一般の患者も入院している。

ゾロ目のマサの死体が黒沼克次の自宅の床下から発見されたのは、黒沼逮捕の翌日だった。

「強盗を知ってると脅されて殺したということさ」

簡明すぎるほどに簡明な説明を聞きながら、堀江は視線を動かした。

本庁に配属されて二年目の春から、ひとつわかったことがあった。捜査が終わったところで、ふっと頭に残っている景色は、意外と本筋とは無関係な些細《ささい》なものが多いということだ。病院のベッドで、いく度となく堀江が思っていたのは、真っ暗な部屋の窓だった。事件発生の夜、中本と一緒に乗りつけたとき、ひっそりと闇の中に沈黙していた樋口淳一郎の家の窓――。

「ヤマさん、すいませんがそこの松葉杖《まつばづえ》を取ってくれませんか」

エレベーターで最上階へ上り、そこから屋上への階段を上がった。

青い空に密度の濃い雲が浮いている。夏の終わり。この季節に特有の空だ。

「谷村吉見は口を割ったんですか？」

堀江があらためて切りだすと、山村はちらっと視線を走らせてから、屋上の柵《さく》に向かって歩いた。

「なんのだ？」

「決まってます。偽装強盗を企てようとしていたことです」

「《谷村宝石》は、今度のヤマの被害者だぜ」

「新宿の渋チョウさんは、そうは思っていなかったはずです」

「洗ってみたが、黒沼との結びつきは出なかった」

「黒沼とのあいだじゃ出ないんじゃないんですか」

山村は堀江を振りむくと、鉄の柵にもたれかかってたばこを取りだした。

「何がいいてえんだ？」

火をつける。

「谷村吉見と共謀して、偽装強盗を働こうとしていたのは、黒沼克次じゃなく樋口さんだったんじゃないんですか。樋口さんは《谷村宝石》を調べているうちに、経営状態が苦しいことを知った。それで、谷村に偽装強盗を持ちかけた。ゾロ目のマサも共犯です。谷村はダイヤにかけていた保険金を受けとる。一方、マサはダイヤを闇ルートで処分する。そして三人で山分けです。ところがマサは何かの拍子に自分たちの計画を、行きつけの店だった《カジノ・サンセット》の黒沼にしゃべっちまった。黒沼は横取りを考えて、じかに《谷村宝石》を襲った。強盗事件と樋口さんの死を知った谷村は、事態が飲みこめないままであわててマサの行方を探した。あの夜《ソフィア》に谷村が現れたのはそのためです。一方、マサのほうは、強盗を黒沼たちの犯行かもしれないと思い、黒沼の許に乗りこんでいった。いや、金を強請《ゆす》るぐらいのことは考えたんでしょう。だが、黒沼の手にかかって殺されてしまった」

話すうちに、ぼうっと首筋のあたりが熱くなるのを感じた。気持ちの悪い感覚だった。

山村は煙を吐きあげた。「おまえ、自分でそう繫いだのか？」

「ベッドの上で考えたんです」

山村は堀江をしばらく見つめていたが、やがてふっと笑みをこぼした。

「おめえもデカらしくなってきたじゃねえか。だが、マサが死んじまった以上、その線は証明できねえぜ。谷村が自分から吐くわけはねえ」

「しかし――」

「それと、《谷村宝石》には脱税の動きもあったらしい。昨日から、東京国税局とマル査が動きだしたぜ。元刑事のヒーさんは、いちはやく《谷村宝石》のいかがわしい一面に気づき、ひとりで調べていたってことは考えられねえかい」

「山村さんらしくない。そんな話はコジつけです」

「――そうかい」

「警察のメンツですか？」

「どっか上のほうは、そう思うかもしれねえな。だが、俺らは捜査に決して私情は差し挟まなかったはずだぜ」

「ヤマさん――」

「おまえ、強盗事件の夜、親爺さんと一緒にヒーさんのヤサがある公団アパートに行ったといったな」

「ええ……」

「せつねえな。いまでもよく憶えてる。喜んでたんだ。俺が刑事課に来て四、五年目のときだったよ。公団が当たり、ヒーさんはガキのように喜んでやがった。これで息子にひと部屋やれるし、夫婦の独立した寝室も取れるってな。ここへ来るまえに、ヒーさんのかみさんに会ってきたよ。ヒーさんは、受取人をかみさんと息子にした保険に入っていて、離婚後も変更はしなかったそうだ。その保険金が、息子の仕事の穴を埋めるのにひと役買ってくれるといっていたぜ」

堀江が息をつめて見つめると、山村は二、三度まばたきして、眩《まぶ》しそうに顔を歪《ゆが》めた。

「民事不介入さ。証券会社が息子にどんな辻褄《つじつま》合わせを強いたとしても、俺たちの知ったこっちゃない。それにもうひとつ、たとえヒーさんが何かを企《たくら》んでいたにしろ、起こらなかった事件にも当然不介入だ。捜査圏外の出来事さ。俺らはただ、現実に起こった強盗事件をひとつ解決しただけだ。なんのやましい点もない」

堀江はふっと視線をそらした。

「なあ、堀江。このあいだ会った新宿《ジュク》の長部親分な。なぜ俺に協力してくれたと思う」

「さあ……」

「あいつはな、ヒーさんってデカが好きだったんだ」

しばらくしてから、付けたした。

「そして、俺もさ」

女事件記者

――息を飲んだ。――

トレード・マークともなっている扇子が、右手に握られたまま、太股《ふともも》にぴたりと張りついた。数秒後、それを引きはがすように動かすと、中本係長はせわしなく自分の右頬を扇《あお》ぎはじめた。

「もう一回、いまのところだ」

押し殺したような声で、隣りに中腰になっている庄野部長刑事《デカチョウ》がいった。

捜査一課で最若手の堀江刑事が、ビデオ・デッキに手をのばした。その手には、ナイロン製の薄い手袋がはめられている。警視庁の備品の手袋だ。

堀江はビデオを巻きもどし、ゆっくりと再生ボタンを押した。

濃紺色に沈みこんでいたモニター画面に、粒子の荒い映像が映しだされた。画像の粒子が荒いのは、光源が充分ではないためだった。

防犯カメラが、中庭の様子をとらえていた。中庭は、凹型をした家に三方を囲まれ、残りの一方が開いていた。その先に高い塀がある。中庭全体に、透明なアクリル製の屋根がついており、高い塀に面した一方もアクリル製の壁で覆われているので、むしろ一種のサンルームと呼ぶべきかもしれない。

中庭から見て西側の一階は居間とキッチン、北側は寝室、東側は主《あるじ》の書斎とプレイング・ルームになっていた。そのことを、現場検証に臨む刑事たちは、すでに頭に入れていた。家の東と北側は二階建てで、西側はルーフ・バルコニーになっている。地下室が、書斎のある東側の地下にある。

刑事たちは現在、東側の書斎に陣取っていた。

西側の居間の縁側から、男がひとり中庭へ降りた。ビデオ画面のなかの出来事だ。降りたというより、よろめき落ちたというべきだ。

中本はモニターに顔を寄せた。

「血だな」

「ええ、まちがいないですね」

庄野が応じた。

男は腹を押さえていた。指のあいだから、鮮血がしたたっている。縁側から中庭に転がり落ちると、うつぶせに倒れてしばらくもがき、そのうちにまったく動かなくなった。

ビデオ・カメラが、殺害の瞬間をとらえたのだ。

時刻は、二十二時三十七分。日付は七月二日。いまから三日前のことだった。

ビデオ画面の右上に、日付と時刻とが克明に記されている。

映像そのものが暗いために、その白い文字がくっきりと浮きだしていた。

被害者《ガイシャ》は、《田沼《たぬま》興産》の創業者である田沼恒造《こうぞう》。事件の通報者は、田沼恒造の妻、佐和子《さわこ》だった。《田沼興産》は従業員数百人を数える商社で、規模こそ大手に引けをとるものの、創業者の恒造の手腕は名高く、本社を丸の内の一角にかまえていた。

――通報時刻は十七時二十二分。

警視庁のオペレーティング・ルームに設置されたレコーダーに、正確な時刻が記録された。

中本係長を筆頭とする《中本軍団》の刑事たちが、世田谷《せたがや》区の閑静な住宅地にある現場へ到着したのは、それからおよそ三十分後、六時に少し間があるころだ。

死体は、青々と繁《しげ》った夏芝にうつぶせで倒れていた。

「鳥か――」

庄野部長刑事がつぶやいた。ここ数年、山が切りくずされて行き場のなくなった鳥の姿が、街のあちこちで見かけられるようになった。

それが、死体を啄《ついば》んでいた。顔の左側面を下にして横たわっていた田沼の右目はすっぽりとなくなり、ただの空洞と化していた。頬の肉が半分以上、同じように啄まれ、上顎部《じょうがくぶ》の骨と奥歯が剝《む》きだしになっている。そのほかにも、服の上からでも容赦なく、とくに脇腹の柔らかい肉がかなりにわたってやられていた。

アクリル製の屋根の端に空気抜きの小窓があるが、そこを開けて侵入したものと思われた。

かんかん照りの陽射《ひざ》しに、何日かのあいだ照りつけられた死体は、腐敗が進んですさまじい臭《にお》いをたてていた。

腐敗臭のなかで、日暮れを待ちわびていた虫が、澄んだ音色を上げはじめている。それに蜩蟬《ひぐらしぜみ》の声が重なっている。

中庭には、両側に長方形の大きな花壇がふたつ向かいあわせにあり、刑事たちには馴染《なじ》みのない観賞用の草花が栽培されていた。

「金がいくらあっても、最期は自宅の庭で烏につっつかれるんじゃ、ぞっとしませんね」

堀江が小声でつぶやいた。吐き気をこらえる顔をしている。ハンカチで口と鼻を覆いつくし、顔をしかめ、視線を死体からはぎとるようにそらして庄野を見た。

「莫迦《ばか》野郎。声が高いぞ」

庄野は小声で叱責《しっせき》し、堀江の言葉を遮った。部長刑事の目は、北側の和室に力なく腰を下ろした、佐和子未亡人の背中をとらえていたのだ。居間の床には、恒造の躰《からだ》から流れた血が広がっていた。だから中本の判断で、そちらで事情聴取をはじめたのだった。未亡人のわきには、中本係長が寄りそうようにすわっていた。

「とにかく、付近の地取りだな。死体がこの状態じゃあ、解剖でも正確な死亡時刻までは出ねえぜ」

庄野は堀江に顔を寄せて、いった。

堀江がうなずいた瞬間、和室の中本が腰を上げ、アルミ・サッシの窓に近づいてきて庄野を呼んだ。

「チョウさん、ちょっと来てくれや」

視線を若い堀江に移した。「堀江、ビデオ・デッキを操作してくれ」

中本は佐和子から、防犯カメラとビデオ・デッキの存在を聞きだしたのだった。


――そして今。

刑事たちはそのビデオを前に、じっと息をつめていた。

防犯カメラは、中庭に一台と玄関わきに一台すえられており、それぞれが独立した二台のビデオ・レコーダーと接続されていた。田沼恒造の殺害場面をとらえたのは、中庭のほうのカメラであった。

中本は勢いよく腰を上げた。

「チョウさん、ビデオの前後を丹念に確認してくれ。うまくすると、犯人が映っているかもしれねえぞ。玄関わきを映したもう一台の器械のほうもだ」

庄野と堀江のふたりを残して書斎を出た。

「――刑事さん、いかがでしたか」

廊下には、警官ひとりに付きそわれて、田沼佐和子が立っていた。防犯カメラと直結したビデオの在《あ》り処《か》を教えてもらったのち、和室で待っていてくれるようにいいおいたのだが、いてもたってもいられなかったにちがいない。唇は蒼《あお》く、目の表情はうつろだった。

中本は、適度に事務的な口調を守るように心がけ、カメラが田沼恒造の殺害場面をとらえていた事実を告げた。同情が強く口調ににじみすぎると、かえって相手の感情のバランスをそこねることを、長い経験から知っていた。つい数刻前に、腐敗し烏に啄まれた夫の死体を目にしたばかりなのだ。

佐和子は無言で中本の説明に耳を傾けた。

「向こうで、もう少しお話をお聞かせください」

中本は佐和子を、ふたたび和室にいざなった。

「犯人は、誰なんですか?」

畳にしゃがみこむなり、未亡人はいった。

「いえ、それはまだ……」

「しかし、刑事さんはいま、殺害現場が映っていたとおっしゃったのでは……」

「正確には、殺害現場ではありません。刺され、中庭に逃げだして、そこで息たえた田沼さんが映っていたんです。ご主人が刺されたのは、居間のなかです。残念ながら、いまのところ犯人の映像はとらえられておりません」

佐和子の表情が、電流が流れたように引きつった。彼女は、顔を、広い居間の方角にめぐらせた。

泣きくずれた。

感情の波が収まるのを、係長は辛抱強く待つしかなかった。

2

世田谷署に設置された捜査本部へ向かう車中、中本はせわしなく扇子を動かしながら、じっと両目を閉じていた。

頭はフル回転でなど動かさなかった。

できるかぎりゆっくりと、現場検証と事情聴取とでわかった材料を繋《つな》いでいく。初動捜査に必要なのは、優れた推理でも勘でもなくて、万が一にも見落としのない慎重さだった。係長という役職に《名探偵》はいらない。

現場検証の結果、二階の窓のひとつが、外から内部に向けて割られているのが発見された。ルーフ・バルコニーに面した窓だ。犯人は塀によじのぼり、塀から西側のルーフ・バルコニーへ飛びうつり、室内に侵入したものと思われた。

田沼佐和子が家を空けたのは、七月二日の早朝からだった。すなわち、事件当日の朝である。ホノルルに経営しているブティックを訪れ、ついでに向こうで羽根をのばして三日ぶりに帰宅し、田沼の死体に出くわしたという経緯を、中本自らが聴取した。佐和子は数カ月に一度、ブティックの経営を見守るために、ハワイへ飛んでいるとの話であった。

田沼恒造が、最後に生きているのを確認できたのは、いまのところホノルルにいた佐和子未亡人とのファックスのやりとりしかなかった。

ホノルルと東京では時差があるため、彼女が向こうに行っているあいだはファックスで簡単なやりとりをするのが、最近の田沼夫婦の習慣だった。

中本は鑑識用のビニール袋に納めたファックス用紙三枚と、便箋《びんせん》一枚とを取りだした。田沼宅から、佐和子の了承のもとに持ちだしてきた証拠物件である。

ファックス用紙三枚は、佐和子がホノルルのホテルから送ったもので、几帳面《きちょうめん》な女文字でこまごまとした出来事がつづられてあった。対照的に、恒造が認《したた》めた便箋のほうは、ぶっきらぼうな文字で《変わりはない。体調も悪くない。羽根をのばしてこい》といった内容が、ほんの数行にわたってつづられているだけだった。

恒造がこの便箋をファックスで送った時刻は、七月二日の日本時間にして十八時八分。ホノルル時間では二十三時八分だったことが、田沼宅にあったファックス機の送信記録及び、佐和子がホノルルのホテルで受信したファックス用紙ではっきりした。ファックス用紙には、頭のところに、受信時間と送信元の電話番号とが記録される。

田沼恒造には息子がふたりいたが、ともに独立して別に居をかまえており、事件のあった家に住んでいたのは恒造と佐和子の夫婦だけだった。

佐和子によれば、田沼は躰の不調を理由に《田沼興産》の社長の座を長男にゆずってからは、ほとんどの時間を自宅ですごすようになり、本を読んだり、庭の手入れをしたりするのが日課の生活をおくっていたという。

「騒がしい生活に、愛想がつきたといっていました。常勤の家政婦もおかず、読書と花づくりを楽しみに、隠居生活でした」

そんなふうに、佐和子は語った。サンルーフを張りめぐらせた中庭も、花づくりの趣味のためのものだった。

周囲を高い塀に囲まれた屋敷は、外からでは覗《のぞ》きこめないようになっている。そのために、死体が三日間も放置されてしまった。中庭を覆ったアクリルの天井と壁が、腐敗臭があたりへ広がるのを遮ったことも、発見の遅れた原因といえた。

動機、及び犯人に、思いあたることはとの質問に答え、佐和子はいった。

「もしかしたらと思いますが、暴力団にやられたのではないかと――」

「暴力団？」中本は思わず訊《き》きなおした。

「なぜですか」

「先月の末に、株主総会があったのですが、じつは今年の総会からは、総会屋を完全に締めだすようにしたんです。もしかしたら、その報復ではないかと……」

一歩踏みこんだ。

「何か報復を受けるような兆候があったのでしょうか。たとえば、脅迫状を受けとったとか、会社や御自宅などに、嫌がらせを受けたことがあるとか」

佐和子は弱々しく首を振った。

「いえ、私にははっきりしたことはわかりませんが……」

「しかし、例えば防犯システムはどうでしょう。何かそれらしい兆候があったから、防犯に気をつけられていたんじゃありませんか？」

頰だけの笑みを浮かべた。

「あれは、観賞用の植物のためだったんです」

「――――？」

「じつは、この春ごろから、人間なのか動物なのかわからないんですが、夜のあいだに中庭の植物を荒らされていることが何度かありまして、主人が神経質になって付けたんです……」

防犯カメラは二十四時間作動しているが、それをビデオ・テープに記録するのは夜間だけ。書斎に設置したビデオ・レコーダーに、大概九時か十時ごろに、恒造か佐和子かが一四〇分テープを三倍速でセットする。事件当夜に記録されたテープは、二十一時三十分前後にセットされていたことが、テープに記録された時刻からわかった。

世田谷署が近づいてきて、中本は閉じた扇子の先で下顎《したあご》を撫《な》でた。佐和子の証言にはあいまいな部分もあったが、もしも彼女の心当たりのとおりに、総会屋が絡んでいるのだとすれば、騒がしくなるという予感がした。

署の駐車場が見えたとき、係長は予感の的中を知った。

ブン屋に加え、テレビの連中まで繰りだしてきている。――株主総会と、総会屋。この時期にマスコミが騒ぎたてる、恰好《かっこう》の材料だ。

「交通課の窓口に、そっと着けてくれ」

中本は、ハンドルを握る部下に告げた。世田谷署は、免許書きかえのための交通課窓口が建物の裏手にあり、そこから内部に入れることを知っていた。

係長はマスコミの喧噪《けんそう》を避け、裏口の階段を上がった。

上がりきろうとする正にその時――

背後から声をかけられた。

「中本係長」

若い、女の声だった。振りむいた中本を、階段の下から娘が見上げていた。大きな瞳《ひとみ》。二十歳をいくつか越えたぐらい。交通課勤務の婦警ではないのは、すぐにわかった。娘はグレーのスーツに、真っ白いブラウス姿だった。

階段を駆けあがってきた。

「《毎朝日報》の塚原《つかはら》と申します。田沼恒造さん殺害の事件について、お聞かせいただきたいのですが」

一息にいった。

中本は眉間《みけん》にしわを寄せ、娘の視線から逃れるように背中を向けた。

「《毎朝》なら、阿部《あべ》ちゃんのところか」

「そうです」

「こんなべっぴんさんがいたっけかな」

はぐらかすようにいいながら歩みを進めたが、追いすがってきた。

「今月から本配属になりました」

「ああ、新聞社はそういう時期か。よろしくな」

建物の内部に入り、すぐに右手にある階段を目指した。一段上がったところで彼女を振りむき、左右に大きく両手を広げた。

「おっと、ブン屋さんはここまでだ」

「中本さん、お願いします。今度の一件は、先日あった《田沼興産》の株主総会と、何か関係してるんじゃないんですか？」

「おまえさんがたがこれだけ集まってるんだ。あとでおえら方の記者会見があるだろ。そんとき訊きな」

「ひと言だけでいいんです」

「それじゃあ、ノー・コメント。それだけだな」

3

中本たち警視庁の刑事たちは、いったん事件があった場合は、《母屋》から所轄署へ繰りだしてたっぷりと詰めることになる。

これを帳場回りと呼ぶ。

中には所轄の道場や講堂などの大部屋に布団を敷き、何日も寝泊まりする刑事も出るほどだ。

庄野部長刑事は、今夜は帳場で朝を迎えることを覚悟した。犯行直後の模様が映しだされた貴重なビデオの隅々にまで、何度も目を通すのが部長刑事《デカチョウ》の任務だった。他の部下たちは、所轄や《特機》の連中と先を争い、犯行現場付近の地取り捜査に飛びまわっていた。

捜査会議後、中本はひとり、本庁《オモヤ》にもどった。

四課の久保部長刑事とその上司の宮川《みやがわ》係長が、会議室で中本を待っていた。

「総会屋絡みって線は、かなり色濃いのか？」

宮川が確認する口調で訊いた。

「ああ、まだ断定はできんがな」

中本はつぶやきかえして、たばこを喫った。

「《田沼興産》に絡んだ組の目星ですが、《戸川組》か《共和会》に絞りこめそうですね」

捜査会議の直前に電話で協力を要請したのに応じ、手を打ってくれていた久保チョウがいった。総会屋の線は、四課の協力なしでは探れない。

「うちのを明日から、二、三人動かすよ」

宮川が、再び話を引きとった。

「すまん」

「刃物《アラ》は現場から出たのかい？」

「いや」

「正面からやられてるそうだな」

「ああ」

宮川の質問の意図は、わかっていた。被害者が、正面から腹を刺されているということは、犯人《ホシ》は複数犯の可能性も考えあわせる必要があるということだ。犯人は居間の奥まで押しいってきて、刃物を振りかざしている。複数の手に押さえつけられでもしないかぎり、いきなり腹を刺されることはないはずだった。被害者だって、必死になって抵抗する。

中本は事件の詳細をふたりに説明してから、改めて頭を下げて部屋を出た。

ただし、最有力証拠である、ビデオ・テープの件には触れなかった。立場が逆であったとしても、宮川も同じ隠しごとをするはずだった。協力は頼むが、ホシを押さえる決め手の証拠は、縄張り違いの人間には明かせない。部下の庄野が必死でビデオとにらめっこをしているのは、他の課に手柄を与えるためではないのだ。

机へもどり、たばこを一本灰にした。

係長である中本の仕事は、ここからはひたすら待つことだった。

妻の聡子《さとこ》に電話を入れ、今夜は泊まりになる旨を告げ、遅い夕食をとるために刑事《デカ》部屋をあとにした。

行きつけの飲み屋のカウンターにすわり、ビールの小瓶と焼き魚の定食を頼んだ。

なめるようにビールを飲んだ。これからもう一度世田谷署に顔を出し、庄野に合流するつもりだった。部下に酒くさい息を嗅《か》がせるわけにはいかない。

ぽんと肩を叩《たた》かれたのは、カウンター越しに親爺《おやじ》から味噌《みそ》汁を受けとったときだった。

「ずいぶん遅い夕食ですね」

《毎朝日報》サブ・キャップの阿部が、浅い笑みを浮かべていた。役職からいえばキャップに継ぐナンバー2だが、《しきり》から《二番手》《三番手》にいたる本庁《オモヤ》づめ記者たちの原稿を最終チェックするのは、キャップではなくサブ・キャップの仕事だ。実質的な現場の取りまとめ役といえた。

中本はすっと視線をそらした。阿部の隣りに、世田谷署で会った塚原という女記者が並んでいた。

「隣り、かまわねえですか」

「俺の店じゃねえんだ。かまうもかまわねえもねえだろ」

中本は親爺から焼き魚とどんぶり飯を順に受けとり、箸《はし》を割って食べはじめた。

阿部が生ビールをふたつ注文する。

「中本さん、うちの若いのを紹介しますよ。塚原冴子《さえこ》です。鍛えてやってくださいな」

「自己紹介が済んでるよ。さっき、もう会ってる」

「ほお、そうでしたか」

中本は相手の返事を聞きながし、ビールをゆっくりと口に運んだ。

「――そうかい。阿部ちゃんの入れ知恵か」

「何がです？」

「そのお嬢さんは、所轄の裏側で網を張ってたのさ」

阿部は、笑った。

「そりゃ違いますよ。こいつはアパートが世田谷なんだ」

阿部の言葉を、その向こうにすわる冴子が引きとった。

「あそこには、学生時代、免許の書きかえで足を運んだことがあるんです。裏口がちょっとわかりにくい場所にあるんで、もしかしてマスコミを嫌う刑事さんなら、そっちから出入りなさるんじゃないかと思ったんです」

中本は冴子に目を向けた。ビールのジョッキにかかった指が、華奢《きゃしゃ》で白く細かった。

「なるほどね、てえしたもんだ」

つぶやくと、彼女はかすかに微笑んだ。中本は言葉を継いだ。

「俺が学生時分は、男でも免許なんぞ持ってるやつは少なかったもんだがな。車が運転できるのかい」

微笑みが、かすかに引きつったのを確認し、にっと笑って飯をかっこんだ。

「中本さん、四課の久保チョウさんたちも、さっきから妙な動きをしてますね」

阿部がいった。

「そうかい」

「とぼけないでくださいよ。さっき、四課に顔を出してたでしょう。久保チョウさんたちが捜査に合流するよう、根回しに行ってたんじゃないんですか。マル暴に協力を頼んで、総会屋の線を探ろうってことなんでしょ」

「知らねえな」

「明日の見出しは、総会屋絡みの殺人でいきますよ」

「それはおまえさんがたの勝手だ」

「ねえ、何か漏らしてくださいな」

「俺はチップ・サービスはできねえタチでね」

「それを仰《おつしや》るなら、リップ・サーヴィスです」

冴子の低い声がした。

4

翌朝から、証拠のビデオ・テープは、《科学捜査研究所》に回された。

庄野部長刑事の努力もむなしく、ビデオは犯人の姿をとらえてはいなかった。それでも、科学分析に回せば、何かが出てくる可能性がある。髪の毛一本、皮膚のひと切れからでも、犯人を割りだす科学捜査だ。

《科研》にテープを運ぶのは若い堀江に命じ、庄野にはしばらく仮眠を取らせた。

二回目の捜査会議が開かれたが、芳《かんば》しい報告は現れなかった。事件当夜の目撃者は出ず、付近から凶器も発見されない。鑑識からの報告で、前科者《マエモチ》の指紋が検出されたとの話も出なかった。

ただし、《田沼興産》の調査を担当した刑事の口から、《田沼興産》と総会屋とのあいだに確執が存在したことの裏づけが改めて確認され、さらには《田沼興産》の現社長である長男の文哉《ふみや》のもとへ、差出人不明の脅迫状が数通届いていた事実までが明らかになった。この会議において捜査本部が発足し、久保部長刑事ほか数人が、警視庁捜査四課から正式に合流する発表もなされた。

その日の中本は、世田谷署と本庁《オモヤ》とを二往復した。

そうしながら捜査の進展を待ったが、徒労に終わった。

十時近くにいったん帰宅し、浴衣《ゆかた》に着替えると、妻の聡子が温めなおしてくれた夕食を摂った。たとえ何時でも、こうして帰宅できる目安が立つときは、家で夕食を摂りたかった。

中本の自宅は、狛江《こまえ》市にある。事件のあった世田谷区の隣りだ。事件のあった邸宅とは異なり、猫の額ほどの敷地に建つ小さな二階屋だった。停年退職までのあいだ、きっちりとローンが残っている。

一歩遅れて帰ってきた大学生の息子のほうは、外で夕食を済ませていた。

「なんだろう、外にきれいな女の人がいるよ」

中本と聡子のどちらにともなく告げ、首をひねりながら二階への階段を上っていった。

中本は聡子にテレビのニュースをつけさせ、黙々と夕食を済ませてから腰を上げた。たばこをテーブルから取りあげると、指先で頬を掻《か》きかき玄関へ歩いた。

サンダルをつっかけて、表へ出た。玄関わきの手作りの花壇から山百合《やまゆり》の香りが広がり、生け垣の竹に朝顔の蔓《つる》が巻きついている。

街灯に蚊柱が立っていた。

冴子がいま、二の腕の蚊を平手で叩《たた》き、大きな音を立てたところだった。電柱の陰に陣取るのを、新聞社は夜討ちの基本と定めている。

「お嬢さん、お宅らの夜討ち朝駆けってのは、刑事の張り込みじゃねえんだぜ。呼び鈴ぐらい鳴らせや」

声をかけると、驚いた顔で振りむいた。視線が左右に二、三度揺れた。

「阿部が、中本さんは御帰宅後たいがいすぐに夕御飯を召しあがるので、お訪ねするのはそれが済んでからのほうがいいといっていたものですから……」

中本はたばこを抜きだして、掌《てのひら》に軽く打ちつけた。

「そりゃあまた、気を遣わせちまったもんだな」

冴子は無言で中本を見上げた。蒸す夜だ。女記者はスーツの上着を脱いで手に掛けていたが、ブラウスに汗がにじんでいた。

「今夜は何も起こらねえよ。若い娘が、こんな夜道に立っていちゃいけねえやな」

「これが私の仕事ですから」

心持ちむっとしたような声になった。

「それじゃあ、仕事は終わりにしな。今夜、俺の口からは何も出ねえ。話してやりたくとも材料がねえのさ」

中本はたばこに火をつけた。

それじゃあな、と片手を上げて、冴子に背を向け家に入った。

サンダルを脱ぎすて、廊下に上がると、居間には入らずそのまま台所へ向かった。

「表のブン屋さんに、あとで冷たいものでも持ってってくれねえか」

洗い物をしている聡子に声をかけた。

風呂《ふろ》に漬かっているところで聡子に呼ばれた。

「庄野さんからお電話ですが――」

中本は手早く躰《からだ》を拭《ふ》き、下着だけを身につけると、大股《おおまた》で電話に歩いて受話器を持ちあげた。

「夜分にすいません。じつは、親爺さん、ちょいと妙なことを小耳に挟みましてね」部長刑事がいった。「田沼には、息子がふたりいることは憶《おぼ》えてますよね」

「ああ」

「田沼佐和子の本当の子供は次男のほうだけで、長男は先妻の子だってのは、誰かから耳に入ってますか」

「いや、それは初耳だったぜ」

「しかも、次男は佐和子の連れ子なんですな。子連れ同士の再婚だったってわけです。それが、ちょいとこの子供同士のあいだで、いざこざが起こってるようでしてね」

「どういうことだ？」

「先日の株主総会で、次男は会社の役員を解任されてるんですよ。労働組合と、株主と、双方から突きあげを食った結果、社長を務める長男が決断したらしいです」

「その次男ってのは、どんな野郎なんだ？」

「かなりめちゃくちゃな野郎らしくて、社内での評判は最低ですね。学校を出てすぐに《田沼興産》に入社し、二、三年ほど総務で冷や飯を食ったあとは重役に納まるっていう、まあ、同族会社ならではの出世を果たしたのはおくとしても、その後は強引にプロジェクトを進めて続けざまにおじゃんになったり、人事にもかなり口を出し、てめえの息のかかった人間だけを引きあげたりと、青二才が会社を引っかきまわしてたらしいですよ」

中本は掌で煽《あお》いだ。扇子が手元になかった。

「それで？」

「ちょいとここからは話が込みいってましてね。じつは、お目にかけてえもんもあるんですが、これからいいですか」

「わかった。いま、どこだ。すぐに支度をする」

「いえ、世田谷署のそばからかけてるんです。電車で二十分とかからねえ。私がそっちへ行きますよ」

「表にブン屋がいるんだ」

「それじゃあ、なおさら親爺《おやじ》さんは表へ出ねえほうがいいや。なあに大丈夫。俺は勝手口から入らせてもらいますよ」

言葉の通り、二十分ほどで庄野が来た。

勝手口から居間に上がると、胡坐《あぐら》をかき、汗を小振りの手拭《てぬぐい》で拭いながらネクタイをゆるめた。

「暑いのにすまねえな。クーラーをつけろって、ガキにもせっつかれてるんだが」

中本がいうそばから、聡子が庄野の前に冷たい麦茶を出した。

「そういやあ、ブン屋の姿はありませんでしたぜ」

いいながら、気持ち良さそうに喉《のど》を鳴らす庄野に、中本は扇風機を近づけてやった。網戸の向こうから、虫の声とともに夜風が入ってくるが、アスファルトを渡ってくる風に涼しさはない。

庄野はグラスをテーブルにもどし、細かい文字が書きこんである手帳を取りだした。

「こりゃあまだ噂なんですがね、田沼恒造は、最近遺言書を作りなおそうとしてたらしいんですが、どうもその内容が気になるんですよ」

手帳のページを繰り、つづけた。

「通いの家政婦から証言が取れたんですが、田沼夫婦がかなり派手ないいあらそいをしている様を、たまたま目撃してるんですね。それで、ほかの連中にも色々と鎌《かま》をかけて回ってみると、新しい遺言書ってのは、かなり次男に不利な条件になるらしいんです。そのことで田沼恒造と佐和子、長男の文哉と次男の和彦《かずひこ》のあいだで、いさかいが起こってたんじゃねえかって線を予測したんですが、どうですかね」

中本は音を立てて扇子を開いた。

「次男の和彦の、事件当夜のアリバイは？」

「母親と同じで、東京を離れてますね。北海道へ、二泊三日でゴルフに行ってるんですよ。七月一日に発《た》って、三日の夕方にもどってきてます」

「役員を解任されたってのに、優雅なもんだな」

中本は吐きすててから、まっすぐに部長刑事の目を覗《のぞ》きこんだ。自分と同じことを、長年一緒にやってきた部下もまた考えていることを知っていた。アリバイができすぎている。

「こうなると、ビデオってのが芝居がかって感じられるな」

「ええ」庄野が応じた。「被害者《ガイシャ》があれだけ克明に映っているのに、犯人《ホシ》のほうはまったく姿をさらさねえ。親爺さん、俺は徹夜であれとにらめっこしながら、どうも一杯食わされてるような気もしてならなかったんですよ」

部長刑事は話しながら、黒い肩がけ鞄《かばん》を探った。

「それでね、電話でいっていた、ちょっと見ていただきたいものってのはこれなんですが――」

中本の手がすっと伸び、部長刑事を制した。

浴衣《ゆかた》の裾《すそ》をまくりあげて立ちあがると、網戸を引きあけて縁側へ飛びだした。

「この野郎！　おまえ、そこで何をしてやがるんだ」

玄関わきから小さな庭のすみへ回りこめるようになっている生け垣の内側に、じっと息をつめてしゃがみこんでいた女記者が、中本の罵声《ばせい》を浴びて蒼白《そうはく》になった。

5

——翌日。

中本は午前中に一度所轄へ立ちよってから、その後はずっと本庁《オモヤ》に詰めてすごした。机のうえに、くわしい現場報告書と、何十枚にもわたる現場写真、捜査会議でのメモや部下たちから直接に上がってきた報告の細かいメモなどがちらばっている。

茶を何杯も啜《すす》りながら、そのひとつひとつに繰りかえし目をさらしつづけた。

佐和子母子《おやこ》と暴力団との結びつきが判明すれば、委託殺人の線を詰めることができる。

そう判断した中本は、すでに昨夜の時点でその方面の捜査に部下を数名割いていたが、結びつきを示す報告はいまだに入らなかった。

ただし、佐和子と息子の和彦の周辺を調べている担当刑事からの報告で、佐和子と恒造との夫婦生活が、彼女自身が供述したよりもずっと冷えた状態であったことに加え、和彦と恒造とのあいだの様々な対立、いさかいの事実が裏づけされ、疑いは深さを増すばかりとなった。

委託殺人でないのだとすれば、ふたり、もしくはそのどちらかが、じかに田沼恒造を殺害したことになる。だが、七月二日の夜、ふたりには絶対のアリバイがあった。

「——親爺さん、犯行時刻は、本当に七月二日の二十二時三十七分だったんでしょうかね」

昨夜遅くまで膝《ひざ》を突きあわせ、あれこれと繰りかえした庄野との問答が思いだされた。

「ビデオの日付なんてのは、あらかじめずらして設定しておくとか、いくらでも細工がききますぜ。それに、佐和子がホノルルのホテルで受けとったという恒造からのファックスですがね、今どきのファックスには、予約送信機能ってのがあるのをご存じですか。つまり、恒造本人はもう死んでいても、佐和子か和彦かがこの予約送信の機能を使ったとすれば、ファックスを二日の夕刻に送ることは可能なんです」

ファックスで送られた手紙が、恒造自身の筆跡によるものであることは鑑識で確認済みだったが、その内容たるや、数行の簡単なものなのだ。以前に恒造が書いた物を、妻の佐和子が保管しておいて使用したとしても、内容に矛盾はあらわれない。

中本はたばこの新しいパックを開け、ヤニ取りのパイプを根元にすえつけてから火をつけた。朝から二パック目に入っており、すでに口のなか全体がいがらっぽかった。

引出しを開け、中から雑誌を取りだして開いた。

昨夜、庄野が鞄から出し、中本に差しだした今週号の週刊誌である。

グラビア・ページに、田沼恒造が写っていた。もともとは、財界人の趣味をテーマとしたシリーズ・ページのための取材だったらしいが、それが今度の殺人事件に合わせ、事件前日に撮影された最後の写真としてショッキングに扱われていた。本文のなかに、恒造が園芸について語った談話を添え、その突然の死を悼んでいる。

使用されている写真は、あの中庭で花壇をバックに撮影されたものだった。

「じきに自分が殺されるとも知らず、楽しそうに花の手入れについて語ってるかと思うと、哀れですな」

部長刑事は、中本に雑誌を手渡しながら、そんなふうにつぶやいた。

「ところで、こりゃあ百合かね」

中本は花壇の一角を指さした。山百合だったら、妻の聡子が玄関わきの形ばかりの花壇でつくっていたが、それとは少し違っていた。

キャプションで、撮影日は七月の一日と記されている。雑誌社へ聞込みに出向いた刑事からの報告で、この取材が一日の十七時から一時間半ほどにわたって行なわれたとの裏も取れていた。すなわち、ホノルルに送られたファックスを除けば、田沼恒造の生存が確認されているのはこの取材の時刻までなのだ。

一日の夜、和彦はすでに北海道へ発っているが、佐和子のほうがホノルルへ発ったのは二日の早朝だ。もしも殺人が行なわれたのが七月二日ではなく一日の夜だったとしたら、佐和子ならば犯行が可能だ。佐和子は自分の息子のために、田沼恒造を刺した。傷を負った恒造が、居間から庭に逃げるように仕向け、防犯カメラにとらえられるように演出した。

——息子と自分のアリバイを用意した上での計画殺人だ。

だが、すべては想像にすぎなかった。

ファックスが予約送信で送られたことは証明できない。

同様に、ビデオ・デッキに登録されている日付があらかじめずらされており、犯行が行なわれたのが二日ではなく一日の夜であったという事実もまた証明できない。死体の第一発見者である田沼佐和子が、警察に通報する前に、予約送信機能が使われたことを示す証拠を破棄しているはずだし、ビデオ・デッキの日付も正常通りにもどしたはずだ。

一方、動機の証明も難しいことを、中本は経験から知っていた。遺言書の内容が、実際に書きかえられようとしていたのかどうか、部下が現在《田沼興産》担当の弁護士にあたっているが、まずは正確な事実までつかむのは困難だろう。捜査への協力を取りつけるのが難しいという意味では、政治家と弁護士は双璧《そうへき》なのだ。

——証明できない事実は存在しない。

警察が追及できる正義は、すべて証明が可能なものだけに限られている。

電話が鳴った。

たばこを灰皿に揉《も》み消して受話器を持ちあげると、《気象庁》から《科研》へと走らせた堀江からだった。

「だめですね、親爺《おやじ》さん。一日の夜には、西関東のほうでは若干雨がぱらついたところもあったようですが、都内には降っていません。二日と同じ快晴でした。それでもと思って、《科研》の連中によく事情を説明し、天候でも、それ以外の何かでも、犯行が一日の夜だったことを示すものがビデオから出てこないかと、ずいぶん骨を折ってもらってるんですが、いまのところはまだ……」

「そうかい。わかった、ご苦労だったな」

中本は堀江をねぎらい、現場付近の地取りへもどるように指示を出して受話器を置いた。眉間《みけん》を揉んだ。

ふたたび電話が鳴った。

受話器の向こうから、庄野の声が飛んできた。

「親爺さん、所轄が暴力団《戸川組》の組員ふたりを引っぱりましたぜ」

「なんだと――」

「株主総会の揉めごとに絡んで、田沼文哉のもとへ脅迫状を出していた連中らしいです」

「お札を取って引っぱったのか？」

「一応任意同行ですが、ただ、組員がだいぶ踊ったらしくて、派手な立ちまわりになったようですね」

中本は舌を鳴らした。「ブン屋がすぐに嗅《か》ぎつけるな」

「ええ、時間の問題ですよ。所轄はかなり鼻息が荒くなってますので、てめえたちのほうからリークする可能性もありますぜ」

「くそ」

思わず口のなかで罵声《ばせい》を嚙《か》んだ。「課長と相談し、すぐにそっちへ行く」

6

結局は、中本の上司である、草薙課長の腹芸に任せることとなった。

草薙は所轄の課長と直談判に及び、挙げた組員の容疑を田沼恒造殺害にまで広げるのは早急すぎるという点と、よってマスコミ等外部への発表は慎重を要するとの旨を、含みのあるいい方で納得させた。

中本は、《毎朝日報》の阿部もふくめた、つきあいの深い記者連中に自分のほうから繫《つな》ぎをつけて押さえに動いた。今回の捜査が、《田沼興産》と総会屋との揉めごととは違う方面に発展する可能性をほのめかしたのである。

その後、そのまま雑誌社を目指した。亡くなる前の田沼恒造を取材した雑誌社だ。社の正面玄関で待っていた庄野と合流した。

「ブン屋のほうはどうでしたかい？」

「何紙かは押さえられたが、それも時間の問題だろうな」

ふたりはロビーを横切って、あらかじめ庄野がアポを取りつけていた週刊誌記者との面会を受付に求めた。

すでに部下が一度話を聞いているのに追いうちの聴取をし、何かが出るという期待はそれほど持てなかった。むしろ、藁《わら》をもつかむ思いでやって来たというべきかもしれない。犯人逮捕は、常に時間との追いかけっこだが、所轄との関係、マスコミとの関係で、違った意味で時間との追いかけっこを強いられることもある。

それが今だった。

「すぐに降りてまいりますので、サロンのほうでお待ちくださいませ」

受付嬢は記者と電話で連絡を取り、ロビーの奥を指し示した。

歩きかけたところで呼びとめられた。

「中本さん――」

目を向けた先に女性記者がいた。

塚原冴子は、今日はクリーム色のスーツを着ていた。ロビーを斜めに走り寄ってきて、

「お話があるんです。お時間は取らせません」

中本たちはそっぽを向いたままサロンを目指した。

「中本さん、お願いします」

追いすがる娘を、中本がきつく睨《にら》みつけた。

「ここで何をしてるのか知らねえが、おまえさんからの取材は、今後いっさいお断りだ」

声がロビーに響きわたり、軽い戸惑いを感じた。

戸惑いがさらなる怒りを生んだ。

「いいかい、お嬢さん、これだけははっきりいっておくがな。俺たちは、互いのルールのなかで仕事をしてるんだ。ブン屋にはブン屋のルールがある。そうだろ。人様の庭に忍びこんだら、不法侵入になることぐれえ、知ってるもんとばかり思っていたがな」

冴子の顔が蒼《あお》く引きつり、昨夜の蒸しっかえしになりそうな気がした。

昨夜、血の気をうしなった女記者に、さんざん説教を繰りかえしたのだ。

「もしも俺たちが交わした会話が、ひと言でも紙面に漏れるようなことがあればどうなるかわかっているな」

そこまでいって脅しつけたのである。

娘を追いやるように手を振って見せ、中本はサロンの扉を開けかけた。

「待ってください」

だが、冴子は引き下がらなかった。

「田沼さんを取材した雑誌記者の口からは、何も出ません。私もたった今、知りあいの伝《つて》をたどって、お話をうかがってきたところなんです」

苦虫を嚙みつぶしたような中本の横顔に、庄野がちらっと視線を投げた。

「チョウさん、悪いがしばらくひとりで行っててくれ」

庄野にいいおき、中本は彼女の腕を摑《つか》んだ。

そのまま斜めにロビーを突っきって正面玄関を出ると、左右を見わたしてから顔を寄せた。

「塚原、だったな。熱心なのは認めてやるがな、おまえのやってることは捜査妨害だぞ。わかるか」

　冴子は目をそらさなかった。

「昨夜のことといい、お叱りは覚悟しています。でも、お願いです、中本さん。一分だけ私の話を聞いてください。昨日、部長刑事さんと、ビデオ・テープのことを話していらっしゃいましたね」

「また怒鳴られてえのか」

「中本さんは、犯行が七月一日の夜だったという可能性を考えているんですね」

「ノー・コメントだ」

「部外者の莫迦《ばか》な想像と笑ってくださっても結構です。でも、もしも中本さんがそうお考えなのだとしたら、七月一日に田沼恒造氏を撮影した雑誌のグラビア写真から、それが証明できるかもしれないんです」

「なんだと――？」

　冴子は小型の肩がけ鞄《かばん》に手を入れて、例の雑誌を取りだした。

　細い指を雑誌の上部にはわせ、フセンが貼ってあるグラビア・ページを開けた。

「私、学生時代は登山部にいたんです。それもあって、比較的草花にはくわしいんですが、もしやと思って調べてみたんです。田沼さんの花壇で咲いているこの花を、中本さんはご存じですか？」

マニキュアも何もつけていない華奢《きやしや》な指先が、百合に似たあの花を指ししめした。カメラに向かって微笑む恒造の、ちょうど肩の向こうあたりで、細長い葉がのびた真ん中に山吹色の花を咲かせている。

女記者は説明をつづけた。

「これは《キスゲ》という花で、園芸家たちのあいだでは《ヘメロカリス》という別名で呼ばれてもいます。《キスゲ》には、橙黄色《とうこうしよく》から赤色をした昼咲きの種類と、山吹色をした夜咲きの種類があるんですが、これは夜咲き、もしくは夕方から夜にかけて咲く、《エゾキスゲ》か《ユウスゲ》だと思うんです」

「だから何なんだ？」

「もしもこの写真に写っている花と同じものが、田沼恒造さんが殺害されたビデオのなかで、この写真と同じようにして咲いているのだとすれば、犯行時刻は七月二日の夜ではなくて、その前日の一日の夜だったと断定ができます。《ヘメロカリス》は、英語名を《day-lily《デイ・リリイ》》といいまして、それは美しい花がたった一日だけでしぼんでしまうことを惜しんで付けられた名前なんです」

中本の眉《まゆ》がぴくと動いた。

「――つまり、一度咲いた《ヘメロカリス》の花は、もう翌日は咲かねえってことなのか？」

女記者は、「そうです」とはっきりうなずいた。

ベルトに挟んであった扇子を出し、中本はあわただしく頬を扇いだ。

「感謝するぜ。お嬢さん」

駆けだした中本を、冴子がうしろから呼びとめた。

「中本さん」

「まだ何かあるのか？」

「私、つい今しがた阿部に電話をして聞いたんです。中本さんのほうから繋ぎを取ってきて、さっき阿部とお会いになったそうですね」

「ああ」

「なぜ、私が昨夜庭先に忍びこんだことを阿部にいわなかったんですか？」

「阿部さんと会ったのは別の用件だよ。それに、いう必要なんかねえだろ。いいかい、お嬢さん、刑事の家に忍びこんで耳にしたようなネタは、絶対に記事にはできねえんだ。憶えときな。それからな、犯人逮捕がはっきりしたら真っ先に耳打ちしてやるから、それまでは今の話も記事にするんじゃねえぞ」

中本はにっと微笑むと、扇子の先をかるく振った。

「俺との信頼関係を、そっちから崩したくねえならな」

女記者は、まぶしそうに瞬《まばた》きした。

十字路

警視庁勤務の刑事が《仕事》で都外へ出るときは、七面倒くさい書類手つづきを必要とする。圏外出張願いをしたため、係長をとおして担当課長の判断を仰がねばならない。

ただし、それはあくまでもタテマエ上のことだ。

――例えば、いま。

江戸川を越えた千葉県下にある船橋競馬場で、警視庁捜査一課強行犯係の刑事がふたり、人混みに身を置いていた。ひとりはひっきりなしにたばこをふかしており、もうひとりのほうはチューインガムを噛《か》んでいる。

たばこをふかしているほうが轟刑事。チューインガムのほうが後輩の堀江刑事だ。別々に小一時間ほど過ごしたのち、たったいまここで落ちあったところだった。かといって、要注意人物《ピンキリ》の跡をとっていたわけでも、シキテンをきっているわけでもない。

ふたりには四期ほどの隔たりがある。一昨年捜一に配属となった堀江にとり、いわば轟は兄貴分に当たる。係長や部長刑事が面倒がる細かいイロハを、叩《たた》きこむのが轟の役割だ。だから、ガン首を揃えてここにいるわけだった。

ちょうどひとレースこれから始まる。ウマはすでにパドック入りし、観戦席がざわめきから緊張へと移りつつある。

「どうでえ」

轟が、堀江の顔を覗《のぞ》きこんだ。

堀江は冬の風がしみたように両目をしばたたきながら、せわしなくあたりに目を光らせた。

「だめですよ、先輩。俺にゃあ、ひと目でマエ持ちを見分けるようなことは、とても――」

轟が、にっと笑った。

「莫迦《ばか》野郎。俺にだってそんな器用な芸当なんぞできっこねえよ。人を見たら泥棒と思えなんてのは、簡単すぎるいぐさで、大概はまっとうに暮らしてる庶民さ。ひと目見て、犯罪をおかしそうな野郎がわかるようなら、おりゃあ刑事なんぞやめて霊能力者になってるぜ。どうだって訊《き》いたのは、レースのほうさ」

「――――」

「なんだ、買ってねえのか？」

茶化す感じではなく、本当に驚いたふうだった。

「何も競馬をやるために来たわけじゃあないですから……」

「堅え野郎だな」

堀江はきゅっと唇を引きむすんだ。

警察官が不祥事を起こす一番の原因が借金にあることは、署内資料が裏付けている。そして、借金をこしらえる理由の一番目は博打《ばくち》である。もっともな話だ。刑事にとって、博打はきわめて身近な存在なのだ。

特定の事件捜査にかかりきりでもないかぎり、自分の《縄張り》ができあがっている刑《デ》事《カ》で、家からまっすぐに本庁《オモヤ》へと出勤してくるものは滅多にいない。その意味では、ブン屋や雑誌記者と刑事とは、同じような生活をしているといえるだろう。違うのは、日頃から縄張りをぶらつき、ときにはこうして都外の競馬場やら競輪場やらにさえ足を伸ばすのが、れっきとした仕事だという点だ。ようするに、そうやってぶらつきながら、以前に自分が関わって別荘送りにしたホシたちと出くわすのを待ち、第六感に引っかかってくるものがいないかどうかに目を光らせるのである。

「名目半分、遊び半分よ」

轟は片目をつぶって見せた。堀江たちが属する《中本軍団》の番頭役を務める、庄野部長刑事《デカチョウ》の口調をまねたのだ。

「浩之《ひろゆき》よ——」

と、堀江の名前を呼んだ。

「ひとつ教えといてやるがな、競馬ってのは捜査と同じなんだ」

「捜査と、同じですって？」

「ああ」

うなずいた。

「データを検討し、ひとつの結論にたどり着く。しかも、ただデータをデータとして読んでるだけじゃあ、何も得ることなんぞできやしねえ。それが意味する、人間的な側面ってやつを、想像力を働かせて捉《とら》えなけりゃあならねえんだ。たとえばな、こんな話を知ってるか。ウマ同士だって、格の高い相手がパドック入りするときゃあ、さっと道を開けるんだぜ。つまり、気持ちが引けてるってことさ。ましてや人間さまをや、だぜ。賭事《かけごと》の面白《おもしれ》えのは、何も意識下だけじゃなく、無意識下でも、そうした格だとか先輩後輩ってな関係が影響するってことさ。競馬で勝つってことは、ひとつの世界に関わってる、すべての要素を読みきるってことなんだ。俺たちの仕事と同じよ」

堀江には、そんなものなのかどうかわからなかった。たしかなことは、轟が、普段よりも数段お喋《しゃべ》りになっているということだった。〈名目半分、遊び半分〉だ。

堀江は新しいチューインガムを口に投げいれた。たばこを喫わない身にとっては、チューインガムが間を保《も》たせる役を果たしている。

レースがはじまった。

轟がすっと口を閉じ、表情を硬くしたのはそのときだった。

新米の堀江も、さすがに質問は発さなかった。刑事がこういう顔をするのは、スイッチが切りかわったときに決まっている。

轟が、ひとりの男の存在を堀江に告げた。口調は今までと同じだった。人混みでは、かえって声を潜めたほうが、そばにいる人間の注意を引きやすいのだ。

雲の切れ間から冬の陽射《ひざ》しが漏れ、競馬場の大屋根の影を、観戦席の北半分に落としている。

男は、日向と日陰のちょうど境目あたりに立ち、レースに目をこらしていた。

――山城勝《やましろまさる》。

と、轟は男のフル・ネームを告げた。四年まえに、窃盗で轟が引っ張った男である。

その場で声をかけるか、跡をとるか。

こういう場合の選択肢はふたつだった。

「ぶらつくあいだに、以前に引っ張ったやつを見かけたら、ぽんと肩を叩くだけでいいのさ。俺はおめえを見てるぜって、そう教えてやるだけで、やつらにゃあ充分ってわけだ」

そんな話を、ここまでの道のりで、堀江は轟から教えられていた。

轟は、いま、声をかけることを選ばなかった。

理由は、堀江にもなんとなく推測がついた。

山城勝は不精髭《ぶしょうひげ》で下顎《したあご》を汚していた。風が、整髪料も何もつけていないように見える頭髪を、艶《つや》のない頬にまつわりつかせている。外れ馬券を破り捨て、精気のない目を瞬かせて天を仰ぐ横顔には、垢《あか》のように疲労がこびりついていた。

生活者としての顔のバランスを、崩す手前までいっている疲労だ。

尾行に気づかれた様子はなかった。

山城は京成船橋で総武線に乗りかえて都内にもどり、柴又《しばまた》街道に近い小さな駅で降りた。尾行といっても、具体的な理由があってのことではない。競馬場で目にした山城の姿が、六感を刺激したぐらいのことで、延々と張りついているほどの暇は刑事にはなかった。しばらく様子を窺《うかが》ったあとで、轟が何気ないふうを装って声をかける。そんなつもりだったのだ。

予定を変更する必要に迫られた。

街は冬枯れの空に低く覆われ、冬服でふくらんだ人々で溢《あふ》れていた。JRの駅を中心にした、商店街の一角だ。二車線の車道の両側に、歩行者用の舗道がついた道と、煉瓦《れんが》敷きで完全な歩行者専用となった道とがぶつかる十字路である。

駅前の売店でたばこと週刊誌を買い、ぶらぶらと歩いてきた山城は、その十字路に至ってぴたりと歩みをとめた。

往《い》き復《き》する人の流れのはしで、もう一歩も動こうとせずに、じっと立ちどまってしまったのだ。

およそ二十分ほどが経過したあとで、轟は堀江に指示を出した。

本庁《オモヤ》にもどり、山城勝担当の保護観察官と、出所後の住所を洗いだせ。自分はこのまま山城に張りつく。――それが指示の内容だった。

電柱の陰から、山城がじっと見つめる先には、十字路に建つ江戸川信用金庫の正面玄関があった。

2

夕刻。

轟、堀江に、庄野部長刑事《デカチョウ》を交えた三人は、小会議室で顔を突きあわせた。

テーブルには、堀江が自動販売機で買ってきた、紙コップの熱いコーヒーが並んでいる。

「――一時間かい」

庄野が呟《つぶや》き、「ええ」と、轟がうなずいた。

「そんなに長えこと信用金庫を見つめてるってのは、尋常じゃねえな」

「チョウさん、それだけじゃあねえんですよ」

轟は付けたした。

「山城の野郎がつっ立っていた角んところは、不動産屋でしてね。つまり、信用金庫の斜向《はすむ》かいってわけですが、そこの店主が山城の顔を憶《おぼ》えてまして。なにしろやっこさん、ここ数日中に何度も店のわきにじっと立ってたっていうんでさあ」

部長刑事が太い眉《まゆ》をひそめた。

指先で、机の表面をこつこつと叩《たた》きはじめる。

紙コップをひと口啜《すす》ってから、堀江のほうに顔を向けた。

「担当の保護観察官は、何といってたんだ」

仮出所中の人間は、刑期が満了するまでのあいだは毎月一度ずつ、保護観察所に顔を出す義務があるのだ。

「一応、五ヵ月まえの出所以来、決められた面接には欠かさずに顔を出しています」

堀江は手帳を開いた。

「出所後のヤサは南千住《みなみせんじゅ》二の××。福寿荘という名のアパートです」

「家族と同居か？」

庄野の問いに、轟が横から口を出した。

「いえ、それは違うはずです。野郎には娘がひとりいて、そろそろ小学校の高学年ってとこだと思いますが、山城とかみさんは、山城が服役中に離婚してるんですよ」

「するってえと、ひとり暮らしってわけかい」

庄野たちが顔を見合わせる。

堀江にも、それなりに理解できた。出所後の人間が社会復帰するのに、家族の存在は大きい。守るべき存在がある人間と、そうではない人間では、おのずと社会との関わり方も変わってくるのだ。

「仕事は？」

「千住の旋盤工場で働いてるとのことです」

と、堀江が答えた。

「――今日は土曜か」

庄野が呟く。山城は、昼間から競馬場に顔を出していたのである。

「それが、チョウさん」

堀江は手帳から視線を上げた。

「工場の休日は日曜だけなんです。電話してそれとなく確かめたところ、山城勝は風邪《かぜ》を理由に欠勤してるといわれました」

「――――」

部長刑事はたばこに火をともした。紙コップからたちのぼる湯気と、たばこの先端から上がる煙とにじっと目をこらすような顔をしてから、轟刑事に視線を向けた。

「それで、十字路につっ立っていたあと、山城の野郎はどうしたんだ?」

「また商店街をほっつきましてね、日のたけえうちから開けてる立ち飲みの酒屋で、ひとり酒ですよ」

「声をかけて、あたりをつけてみたかい」

「いいえ、初めはどっかでそうするつもりだったんですが、ちょいと様子を見たほうがいいかと思いましてね」

「今日のところは、それが賢明だったかもしれねえな。もしも本当にやっこさんが大それたことを考えてるんだとしたら、単独じゃねえかもしれねえぜ。へたに接近しちまうと、そいつらへの糸がぷっつんと切れちまうかもしれねえ」

庄野は呟き、たばこを灰皿で揉《も》み消した。

「よし、俺は親爺《おやじ》に話を通して、信用金庫へ事情を説明し、付近の派出所及び地元署に警戒を厳しくするよう呼びかけてもらう」

親爺とは、係長の中本警部補のことだ。

「それと、山城と刑務所で一緒だった人間で、親しかったやつを探るこったな。組むとすりゃあ、大方、同じ穴のムジナ同士だろうぜ。それは俺たちのほうでやる。おめえらは、手分けして山城の様子に目を光らせてくれや」

少し早めの夕食を、轟と堀江は警視庁のビュッフェで済ませた。

明日は日曜を返上ということになる。一杯だけといいあわせ、ふたりはビールを軽く飲んだ。堀江は警察寮でひとり暮らしだが、所帯持ちの轟としては、本当ならば家で晩酌といきたい時間帯だ。

「──先輩、ひとつ訊《き》いてもいいですか」

食事が終わる間際になって、堀江は気になっていたことを尋ねることにした。

「なんでえ」

「さっき、チョウさんがいってたことですが……、山城を泳がせ、仲間の存在を洗いだすってのは、わかるんです。でも、先輩は今日、いいましたよね。ぽんと肩を叩くだけで、連中が道を踏みはずしそうになるのを止められるって。だから、縄張りをうろつくようにするんだと」

轟は一瞬堀江に鋭い視線を向けた。

「山城を泳がせるって判断が、不服なのかい」

「――そういうわけじゃあないんですが」

「ひとついっとくが、チョウさんも俺も、何もマエ持ちの連中を色眼鏡で見てるわけじゃあないんだぜ。肩を叩くだけで済むときは、ぽんと肩を叩いてやりゃあいいんだ。だが、南千住に住んでる山城が、どうしてあんな町で電車を降り、しかも一時間もの長えあいだ、信用金庫をじっと見つめてたんだ。尋常じゃねえだろ。そしてな、これだけは俺たちの経験が告げてるんだ。一度ヤマを踏むつもりになった野郎の気持ちは、ほんとのところ、肩を叩くぐらいじゃあ変えられねえってことさ。二、三日は効き目があるかもしれねえ。だが、ひと月先、一年先がおまえにわかるか。しかも連中は、今度はこっちの目が届かねえところで何かをやらかすんだぜ」

「――――」

轟はしゃぶっていた楊枝《ようじ》を空の皿に投げると、盆を両手に立ちあがった。

「おい、おめえもちょいとつきあうか。山城の、別れた女房に会っときてえんだ」

「カミさんに？」

「ああ」

「でも、住所はわかってるんですか？」

「葉書のやりとりがあるんでな。家に電話して調べさせるから、ちょいとここで待ってろや」

いいながら、轟がすっと立ちあがる。堀江はかすかな驚きを感じた。口にすれば怒鳴りつけられるに決まっていたが、どちらかといえば力で押すこと一辺倒と思っていた先輩刑事の、意外とこまやかな一面を見た気がしたからだ。

轟は、堀江を振りむいてつけたした。

「ムショにいる山城を説得し、離婚の判を押させたのは俺なんだ」

3

轟と堀江は、京成電車を金町《かなまち》で乗りかえ、柴又駅で降りた。

葛飾区《かつしか》柴又。帝釈天《たいしやくてん》裏の貸しマンションに、女は娘とふたりで暮らしていた。

鉄筋造り、三階建て。一階部分はコンビニエンス・ストアになっている。郵便受けに、須藤素子《すどうもとこ》、香奈子《かなこ》という名前がふたつ並ぶのを確認し、轟は先にたって階段を上がった。

チャイムを押すと、ドアの向こうに女の声がした。轟が名乗るとすぐに扉が開いた。

「夜分にすまねえな」

がさつな声でいう轟に対し、

「旦那《だんな》、どうなすったんですか」

女は驚きから笑みへと表情を変えた。痩《や》せた、色の白い女だった。パーマのとれかけた茶色の髪が、額に何本か垂れている。

「なあに、ちょいと近くまで来たもんでな。上がらせてもらってかまわねえかい？」

刑事たちを部屋に上げることに、女は躊躇《ためら》いを見せなかった。

ちょうど食事が終わったところらしい。玄関わきの流しに、洗いものがまだ手付かずで重なっているのを、堀江は横目でちらっと見た。居間となった和室は、台所の向こうだった。炬燵《こたつ》で、女の子が、画用紙とクレヨンを広げてお絵描《えか》きをしていた。香奈子だろう。母親に追いたてられ、娘らしい仕種《しぐさ》で刑事たちに挨拶《あいさつ》したあと、隣りの部屋に移動した。

素子が茶を運んできてくれた。

「絵が好きな子でしてね。今度、区の絵画展の特賞にも選ばれたんですよ」

「いくつになったんだい？」

茶を啜《すす》りながら、轟が尋ねる。

「来年で、十歳です」

素子が灰皿を出してきた。

「旦那のところは？」

「うちは、上のが来年小学校だ。あんましかまってやれなくってな。スーパーの仕事のほうは、どうだい」

「はい、なんとか」

ふたりが世間話を交わすのを、堀江は黙って聞いていた。轟は、堀江を紹介することもないままで、そんなふうにしばらく話しこんだのちに「ところで」と切りだした。

「山城が出てきたのは、知ってるな」

「ええ――」

うなずくまでに、ほんのわずかだが間が空いた。

「会ったかい？」

「もう、あの人とのことは終わったんです」

心持ち表情が固くなった。素子はすっと腰を上げ、隣りの部屋の襖《ふすま》を閉めた。畳に屈《かが》みこんで画用紙に絵を描きつづける香奈子の姿が、襖の向こう側に消えた。

「もちろんそれはわかっちゃいるが、男と女ってのは、なかなかそういうもんでもねえだろうと思ってな」

「――あの人のことでいらしたんですか？」

「ってわけでもねえんだが……、何か、やつの噂は耳にしてねえか」

女が無言で首を振る。

「そうかい、ならいいんだが……」

轟が堀江をちらと見やる。

女の唇がかすかに動いた。「じつはね、旦那。ここを、越そうかと思ってるんですよ
……」

「どうしてだい」

　腰を上げて箪笥《たんす》に向かい、引出しから封書を出してきた。

「——山城が、最近、しつこくやってくるんです。冷たいといわれるかもしれないけれど……、私は香奈子に、これ以上あの人を近づけたくないんです」

いいながら、輪ゴムでまとめられた封書の束を差しだした。轟が裏をひっくり返す。差出人はすべて山城だった。

「なかを見てもかまわねえのか」

　素子がうなずく。

　手紙は全部で五通あった。ざっと目を通していく轟の手許《てもと》を、堀江も隣りから覗《のぞ》きこんだ。汚い字だった。ヨリをもどしたい。内容は、その一点に尽きた。

「返事は、書いたのかい?」

「もう、私たちのことはかまわないでほしいと書きました」

　はっきりとした口調だった。

「——ヨリをもどすなんて気は、ねえんだろうな」

　素子はただ俯《うつむ》くきりで、何も答えようとはしなかった。
　二、三十分ほどで暇乞《いとまご》いをした。刑事の長居は嫌われる。
　廊下を歩きながらマフラーを巻いてコートを羽織った。

「一度離れちまった気持ちってのは、元にはもどらないものなんでしょうかね」

階段を下りながら、堀江はいった。

隣りを歩く轟が、後輩刑事に目を流した。

「別れるには別れるだけの理由があるのよ。山城のやつがとっ捕まるまで、素子は生傷が絶えなかったそうだ。このままじゃあ、いつか娘が父親に殺される」

「なんですって――」

「俺の言葉じゃねえぜ。素子が俺にそういったんだよ」

「――」

「ましてや、いまの山城は前科持ちだぜ。俺にゃあ何の偏見もねえ。が、世間ってのはそういうもんじゃない。前科者の父親ってのは、娘にとっては重荷なはずだぜ。そして、母親にとっちゃあ、娘を守ることが第一なんだ」

表へ出た。風が肌を刺す季節だ。堀江は顔を上げて空を見た。雲がなく、晴れわたっている分、冷えている。

ふたりの刑事は同時に歩みをとめた。少しでもタイミングがずれていたなら、どこかに身を隠すこともできたはずだった。

「山城――」

轟が喉許《のどもと》に声を籠《こも》らせる。

山城勝は、酔っていた。コンビニの自動販売機から缶コーヒーを取りあげて躰《からだ》を起こし、ちょうど堀江たちが出てきた入口に向かおうとするところだった。

とろんとした目で、轟と堀江の顔を嘗《な》めるように眺めた。

「ちきしょう、やっぱりてめえだったんだな」

かさかさの、小さな呟《つぶや》き声だったものの、確かにそういうのが聞こえた。

堀江は先輩刑事とのあいだで、一瞬目を見交わした。

轟が一歩前に出る。

「聞き捨てならねえな。そりゃあ、どういう意味なんだ？」

山城は両目を瞬いた。怯《おび》えた小動物のような目だ。真正面から見ると、両頬のこけた様子がいっそうはっきりしていた。

近づいた轟が、山城の顔を見下ろした。小男の山城は、背丈が轟の肩ほどしかなかった。

「やっぱりてめえかってのは、どういう意味かと訊《き》いてるんだぜ」

畳みかけると、目を伏せたものの、絞りだすように吐きつけた。

「やっとわかったといってるのさ。あんたが素子に妙なことを吹きこんで、俺を近づかせないようにしてるんだ。そうだろ。汚えじゃねえか、刑事にそんなことまでする権利があるのか」

本当は気の弱い男にちがいなかった。酔いが手伝い、途中から激する口調になった。

「何だそのいいぐさは！」堀江が詰めよろうとするのを、轟の手が押しとどめた。

「山城よ、ずいぶん派手に飲んでるようじゃねえか。おめえ、仮出所中だってことを忘れてるわけじゃねえだろうな」

「けっ、説教なんぞ聞きたかねえや。おらあな、今でもあんたのことを恨んでるんだぜ。あんとき、口車に乗せられて、離婚届に判なんぞ押さなけりゃ良かったんだ」

「父親ってのはな、それらしいことをして初めて父親なんだぜ」

「なんだと、この野郎」

轟が相手の胸ぐらを摑《つか》みあげた。

「口の利き方に気をつけろよ。俺が気が短えのは憶えてるだろ」

「――――」山城は斜めに顔をそむけた。

「そんなに酔った状態で、別れた女房を訪ねてどうしようってんだ」

「放っといてくれ。俺はあの女に話があるんだ」

「話してえんだったら、素面《しらふ》のときにしな」

「指図は受けねえぞ」

「騒ぎを起こして、別荘に逆もどりしてえのか」

怒鳴りつけると、小男は一層小さくしぼんだように見えた。

轟の腕を振りはらい、名残りおしそうにマンションの窓明りを見上げたものの、息をひとつ吐き落とし、刑事たちに背中を向けて歩きだした。

心持ち躰を右側にかしがせて遠のいていく後ろ姿を見やりながら、堀江はふっと呟いた。

「そうか……。総武線と京成電鉄で駅が違うけれど、柴又街道を行くと、ここからあの江戸川信用金庫のあった十字路までは、大した距離じゃないんですね」

轟が顔を転じた。「だから何なんだ?」

「いえ、何てこともないんですが。野郎はあのあたりで今まで飲んでて、やってきたのかと思いまして。——それにしても、出くわしたのはまずかったですね。俺たちがやっこさんに目をつけてることが、ばれたんじゃないでしょうか」

「なあに、俺らが信用金庫の前につっ立ってたやっこさんを見張っていたとは、まだ気づいちゃいねえはずだ。何かやらかすようなら、必ず先に尻尾《しっぽ》を摑んでやるぜ」

4

三日間、轟と堀江は交代で山城を見張った。

部長刑事《デカチヨウ》の庄野がいっていたように、もしも信用金庫を襲おうなどと考えているのだとしたら、共犯のいる可能性が充分に考えられる。

だが、三日が過ぎてもなお、山城が怪しい仲間と接触する様子はなかった。

工場は休まずに出勤していたが、日曜日の午後に一度と三日後の火曜日の夕刻に一度、山城はあの十字路に足を運び、江戸川信用金庫の様子をじっと窺《うかが》った。

どうしてもその行動が引っかかる。時間が経《た》つにつれて疑いは増すばかりだ。山城のヤサから江戸川信金の十字路までは、電車を乗りついで小一時間はかかるのだ。山城は必ず何かを企《たくら》んでいる。もしかしたら、単独で発作的な犯行に及ぶのかもしれない。刑事たちは警戒を強め、新米の堀江に対しても、決して油断し緊張を解かないようにと注意が促された。

――そして、四日目。

水曜日の午後八時三十分前後。

「チョウさん、動きましたぜ」

当番で張りついていた轟から本庁へ応援の要請が入った。

工場が退《ひ》けてから、山城はひとりで浅草に出た。スナックを何軒か梯子《はしご》したあとで、ある店からやくざふうの男たち三人と一緒に出てきて、浅草寺裏の縄暖簾《なわのれん》に姿を消した。尾行に気づかれる心配があるので、店のなかまで足を踏みいれることはできないが、表にじっと張りついている。――以上が轟からの報告の内容だった。

庄野部長刑事は、堀江をともなってパトカーを飛ばした。

二十分ほどで浅草に着いた。

途中の無線のやりとりで、山城たちが縄暖簾からさらに移動したことが知れた。覆面パトカーを言問《こととい》通りに停《と》め、そこから何本か奥に入った路地で轟と合流した。

「すんません、ご苦労さんです」

轟は庄野に頭を下げ、

「あすこの空きビルに入ったまま、動きがねえんですよ」

路地の先のビルを指さした。

人通りも街灯も少ない路地である。車がやっとすれ違えるほどの広さの道の両側に、四、五階建てほどの高さのビルが並んでいる。不景気の影響か、テナントがあまり入っていないようで、どのビルも明りが疎《まば》らだった。

「いつごろ入ったんだ？」

庄野が尋ねた。

「かれこれ、十五分か二十分ってとこでしょうか。ひとりじゃあ、踏みこむわけにもいかねえでいたんですが――」

最後までいわせずに部長刑事は指示を出した。

「轟、おまえは裏に回ってくれ。俺と堀江が正面から踏みこむ。連中が何をやってるのか知らねえが、不法侵入で引っ張れるだろうぜ。まあ、細けえ名目はどうでもいい。とにかく、ご対面といこうじゃねえか」

轟が駆けだす。

堀江は、部長刑事とともにビルの正面に向かった。

取り壊し間近という感じの、年代物のビルだ。社名のプレートが空白となった案内板が、完全な空きビルであることを示している。

薄汚れた扉を押しあけて足を踏みいれた瞬間、助けを求める男の悲鳴が聞こえた。

「チョウさん……」

堀江は部長刑事に囁《ささや》いた。

庄野は新米刑事を振りむくこともなく、奥に向かって走りだした。電気系統はすべて止まっているらしい。廊下は暗く、屋外からかすかに染み入ってくる月明りがあるばかりで、それも廊下を折れると途切れがちになった。

「警察だ！　ここで何をしてる」

庄野がドスの利いた声で怒鳴りつけた。元はロビーか喫茶スペースとしてでも使われていたらしい広くなった場所に、男たちの影が見えたのだ。影は、三つ。残りのひとりを取りかこみ、殴る蹴《け》るの暴行を働いていた。

庄野の声に反応して、一目散に逃げだした。

走り寄ると、山城が床に倒れていた。

「何をしてる。連中を追え！」

庄野は山城には目もくれずに堀江をどやしつけ、闇のなかを逃げていく男たちを追った。三対三。轟は裏口に回っている。だが、闇のなかでは明らかに捕まえようとする側のほうが不利なのだ。

結局、ひとりを取り押さえたものの、あとのふたりには逃げられた。

夜の病院は暗く静かだ。

山城勝は意識不明のまま、手術室に運びこまれた。

廊下では、堀江刑事がひとり、硬い椅子に腰かけて手術の終了を待っている。

空きビルで逮捕した男の取調べに当たることになったのは、ベテランの山村刑事である。男は、名前も山城との関係も告げずに黙秘をつづけ、山村をてこずらせていた。

庄野部長刑事は《中本軍団》の猛者《もさ》に招集をかけ、浅草近辺の探索に当たらせた。今夜三人組と山城とが出会ったスナックからはじめて、付近の店や浅草寺裏の縄暖簾やらを手分けして当たり、男たちの身元を知る人間の発見を急いでいるのだ。おそらく三人は、浅草付近を縄張りとしたスジ者にちがいない。庄野の勘がそう告げていた。

堀江が命じられた役割は、念のために病院までつきそい、山城が何か漏らす言葉がないかを探ることだった。

——山城が今夜、男たちと会った目的は何だったのか。なぜ男たちは、山城を袋叩《ふくろだた》きにしたのだろうか。

そういった点を問いただしたかったが、救急車で移動する途中、山城からひとことの言葉も聞きだすことはできなかった。人間の躰《からだ》が、じつに脆《もろ》いものであることを、堀江も刑事になってから実感していた。たとえば今夜の山城がそうだ。たとえ男たちに殺意まではなかったにしろ、ちょっと加減がまちがっただけで、内臓が破裂したり脳が挫傷《ざしょう》したり、死に至る可能性は充分にあるのだ。

深夜に至って手術が終わり、山城は病室に移された。手術自体は一応うまくいったものの、この時点で命の保証まではできないとのことだった。待つしかなかった。

「ほれ」

――迂闊《うかつ》なことに、しばらくうとうとしてしまったらしい。目を開けると、缶コーヒーが差しだされていた。

「素子のやつは、結局、来なかったのかい」

轟はたばこの煙とともにそういって、堀江の隣りに腰を下ろした。

堀江は小さくうなずいて、腕時計をそっと覗《のぞ》き見た。

「いくら別れた亭主でも、生死の境をさまよってるっていうのに。こんなもんなんですかね……」

「前科者が怪我を負った。何かの事件が絡んでるかもしれねえ。娘との暮らしを守りてえ女とすりゃあ、頑《かたく》なにもなるだろうぜ」

視線を床に落とし、言葉を継いだ。

「本当は、あの娘にとっても、両親がそろって暮らせるのがいちばんなんだがな」

堀江は轟の横顔に尋ねた。「男たちの身元は割れたんですか？」

「ああ、あの場でとっ捕まえた野郎は割れたぜ。予《あらかじ》め、ムショ仲間に当たりを付けていたのがよかったんだ」

捕まった男は、篠山紀夫《しのやまのりお》、三十五歳。以前に山城と同様窃盗で喰《く》らいこんだことがあり、山城と同時期に服役していた。

「あとのふたりは？」

「まだ捕まらねえ。篠山の野郎も、ヤマさんを前に、相変わらずだんまりを決めこんだままらしいや」

轟は廊下に立つ灰皿にたばこを揉《も》み消した。

「一緒に来い。ここにいてもしょうがねえだろ。今夜のうちに、山城の意識がもどるってことはなさそうじゃねえか。本庁《オモヤ》に帰って、山城や篠山のムショ仲間だったやつらのリストを洗いなおすぞ」

5

——ただの傷害事件ではない。

裏には、信用金庫を狙う強盗計画があったはずなのだ。

篠山紀夫のヤサにガサ入れをかけた庄野たちが、信用金庫の見取り図と逃走予定の経路を書きこんだと見られる周辺地図とを発見し、いよいよ確信は強まった。

そして、それに山城勝も一枚嚙《か》んでいた。そうでなければ、山城が、江戸川信用金庫へ足繁く通いつめる理由がない。

だが、取調べ室の篠山は、翌日もまだはちを割らなかった。早朝から、刑事たちはまた浅草に繰りだした。轟と堀江がコンビだ。ふたりは、ほとんど寝ていなかった。本庁の資料室に閉じこもり、前科者リストを繰りつづけていたのである。轟のほうは昨夜、尾行中に、山城を袋叩きにした連中の顔を見ている。聞込み捜査に欠かせない人員だ。

昼過ぎ。

堀江たちは小さな定食屋で遅い昼食を摂った。

進展を得られないままで捜査をつづけるときには無口になる。

「おい、浩之よ」

轟が呟《つぶや》くようにいったのは、セットでついてきたコーヒーを飲みはじめたときだった。

「――ふっと思ったんだが、おめえは確か、素子のマンションの前で山城と出くわしたあとで、柴又街道をたどれば、あの江戸川信金のある十字路と素子のマンションは大した距離じゃねえっていったな」

堀江は眉《まゆ》の付け根を指先で揉みながら「ええ」と、うなずいた。

「なんであんなことをいったんだ？」

「なんで、といわれましても……」

轟のいう意味がわからなかった。

目を上げた。

「そうだ。先輩は、チョウさんからあの日の山城の動向を聞かれて、野郎がずっと十字路に立っていたあと、近所の飲み屋に入ったといったでしょ。だから、飲んだ勢いで急に別れた妻子たちに会いたくなって、柴又街道を歩いてきたのかなって、そんなふうに想像しただけですよ」

轟は腕組みをした。

眉間《みけん》に皺《しわ》を寄せてコーヒーを啜《すす》り、新しいたばこに火をつけた。

「――素子がいってたな。山城の野郎は、何度かあのマンションに押しかけてきたと」

「――ええ」

「偶然だろうか」

ひとりごとのように呟いた。

「なんですって?」

「あの江戸川信金の建つ十字路と素子のマンションが大した距離じゃねえってのは、偶然なんだろうかって思ったのよ……。なあ、堀江よ。山城はあの夜、飲んだ勢いで突然素子たちに会いたくなって、マンションまで歩いて行ったんだろうか。もしかしたら、そうじゃなく、最初からマンションへ行くことが目的だったが、素面《しらふ》じゃ会いにいく勇気が出なかったんで酒を飲んだんじゃねえのか」

「何がいいたいんですか?」

轟は首を振った。

「俺にもわからねえが、何かが引っかかるのさ」

いいながら、勘定を済ませるために財布を出した。

「おい、もう一度あの十字路にもどってみようぜ」

電車で移動するあいだも、刑事たちふたりは無口だった。疲労が躰をだるくする時刻だ。今日も冷える。十字路は、あの日と同じように冬枯れた低い空に覆われ、寒さに足を急がせる人波がせわしなく行き交っていた。

「こんちくしょう！」

声を上げた轟に、堀江は驚いて目を馳《は》せた。

「——どうしたんですか、先輩」

「これがこんちくしょうじゃなくって、何だっていうんだ。山城の野郎は、もともと篠山たちの銀行強盗計画なんぞとは無関係だったんだ」

「——？」

「あれを見ろよ、浩之」

信用金庫のウインドウを、轟はすっと指さした。真っ白な歯を覗かせたアイドルタレントが、宣伝ポスターのなかで笑っている。

その隣りに、画用紙にクレヨンや水彩絵の具を使って、子供の描いた絵が並んでいた。街の景色。夏休みの思い出。私のお父さん。新幹線に、海に、山……。

小学生の絵画展の作品が、信用金庫の協力で、ウインドウを借りて展示されているのだ！

刑事たちは一枚の絵に近づいた。

そして、その絵の前で立ち尽くした。

《特賞・須藤香奈子》

そう記されているのは、母親とふたりで行った海の絵だった。

「素子は、このあいだ俺たちが訪ねたとき、娘の絵が区の絵画展で賞を取ったといってたな。それが、この絵のことだったんだ。――なんてこった。山城の野郎は、信用金庫の様子を窺《うかが》っていたわけじゃなく、ただ、てめえの娘の絵を見にきていただけだったのさ」

「先輩……」

「それなのに、野郎を色眼鏡で見ていた俺たちには、信用金庫のウインドウなど目に入らなかった。そこに、ガキの描いた絵が並んでいることなど見もしなかったんだ。ただ、野郎が信用金庫の向かいに立っているってことだけでキナ臭いものを感じ、犯罪の可能性を考えるしかできなかった……」

「――」

「おそらく山城は、娘の絵を見るためにこの十字路へ通いつめるあいだに、強盗計画の下調べに来ていた篠山紀夫たちを見かけたんだ。不審はやがて、篠山たちがヤマを踏もうとしているという疑いに変わった。そして、昨夜山城は、篠山に接触することを思いついた。ムショのなかで、篠山が浅草界隈《かいわい》をねぐらにしてるって話を聞いていたんだろう。だから、山城は浅草のスナックを何軒か回り、篠山たちを探しだした。うめえ話なら、自分も一枚嚙ませろといって近づいたのかもしれねえし、口止め料を要求するぐらいのことは思ってたのかもしれねえ。ところが、江戸川信金を狙っていた篠山たちは、俺たち警察が信用金庫付近の警備を強めたことに気づいていたんじゃねえか。それで、計画を変更する必要を感じていたところだったのかもしれねえ。あるいは、この十字路に立つ山城のことを、篠山のほうでも見かけていたってことも考えられる。だから自分たちに接触してきた山城を、俺たち刑事《デカ》の密告者《イヌ》だぐらいに思いこみ、あの空きビルに連れこんで袋叩《ふくろだた》きにしちまった。この一件の真相は、きっとそういうことなんだ」

堀江は唇を嚙みしめた。

喋《しゃべ》り終わった先輩の轟が、同じようにして唇を嚙むのに気がついた。

轟はポケットからテレフォンカードを引きだすと、無言のままで公衆電話に走った。

本庁の庄野に連絡を入れ、たったいま堀江に向かって話した推理を繰りかえした。口調には、事件の裏を繫《つな》いだことへの誇らしさは少しもなく、ただ、淡々としたものだった。左手をきつく握っていた。

受話器を置き、堀江のほうを振りむくまでに、肩で数回息をした。

「ほかの連中が、三人組のもうひとりも挙げたってことだ。最後のひとりも、あとは時間の問題だぜ」

顔を歪《ゆが》め、目を合わせないようにしながら言葉を継いだ。

「それからな、やつらの容疑は傷害致死に変わったぞ」

「なんですって──」

「──病院から、チョウさんのところに連絡が入ったそうだ。山城は、少し前に息を引き取ったぜ」

刑事たちは無言で柴又街道を歩いた。

素子のマンションの前で山城と出くわした夜、山城も酒を引っかけた勢いでこの道を歩き、別れた妻子に会いにいこうとしていたのだ。

「浩之よ――」

前を見たまま、轟がいった。

「どうして山城の野郎は、あの信用金庫に娘の絵が飾ってあるって知ったんだろうな」

「――――」

「俺はな、素子が手紙への返事で知らせたんじゃねえかと思うんだ」

「――でも、山城が重傷を負っても、彼女は病院に姿さえ見せなかったんですよ」

「だが、……山城は娘の父親だぜ」

「轟さん――」

轟は歩調を緩め、堀江のほうに顔を向けた。

「素子に会っても、俺たちはただ、山城が死んだ事実を告げるだけだ。いいな」

「――どういうことですか」

「山城が江戸川信金で、てめえの娘の絵を見つめてたなんて話はするんじゃねえぞといってるんだ。そんなことをいったって、ただ、詮《せん》ねえことだろうが」

怒ったような口調だった。

堀江は無言でうなずいた。

「先輩――」

ずいぶんしてから、呼びかけた。

「わからないんですが……、山城に対して、俺らには他に何かやりようがなかったんでしょうか――。もしかして、俺らが山城を疑い、ああして目を光らせながら泳がせたりしなかったら」

「やつは死なずに済んだんじゃねえかといいてえのか！」

轟は大きな声を出した。

足をとめ、堀江の顔を睨《にら》みつけた。

「おめえ、俺のことを責めてるのか。あの日競馬場なり信用金庫の前で、野郎の肩をぽんと叩いていりゃよかったと思ってるのか」

「――そんな。俺だって、やつのことをずっと疑ってたんです」

ポケットにたばこを探り、轟は両手で風を遮るようにして火をつけた。

冬の風が煙を運びさる。

「こんちきしょう。そうさ、疑わねえほうがよかったんだ。俺は、まちがったんだよ。だがな、おめえのいってるのは、結果論だぜ。俺たちゃあ誰もカミさんじゃあねえ。浩之よ、俺たち刑事《デカ》がてんでに縄張りをぶらつき、競馬場やら競輪場やらへ顔を出したりするのは何のためだと思う」

「――――」

「人を疑うためさ」

「轟さん……」

呟《つぶや》きながら、堀江は胸を鷲《わし》づかみにされたような気がした。

先輩刑事が言葉を継いだ。

「俺たちはな、疑わしい人間に出くわさねえかどうかを探るために、ああしてほっつき回ってるんだぜ。教えてやろうか。世直しやら、社会正義を守ることなんぞが俺らの商売じゃねえんだ。俺らの仕事は、まず他人さまを疑ってかかることさ。疑わしそうな野郎がいたら、目を光らせて、できりゃあ犯罪を未然に防ぐ。当然だろうが。刑事って仕事の鉄則だ。その頭に叩きこんでおきやがれ。もしも俺たちが山城を疑わず、おめえがいう違うやりようとやらを探していたとしたら、篠山たちは網にかからずに、信用金庫を襲ってたかもしれねえってことを忘れるんじゃねえぞ」

後輩刑事と目が合うと、轟は煙を吐きあげながら顔を背けた。

堀江には、それ以上何もいうことはできなかった。黙々と歩みを進める轟の横顔が、話しかけられることを拒んでいたからだ。尋ねたことを悔いていた。轟の痛みは、自分の何倍も深いはずだった。

チューインガムを口に投げいれた。

背中を丸めてコートの衿《えり》を立てた。
ただ、黙々と、歩くしかなかった。

証拠

—


重湯《おもゆ》色の光が降っている。

暦は三月に入ったばかり。冬のなごりの昼下がりだ。くっきりとした雲がいくつか、枯れた感じをとどめた空に浮いている。

警察病院の駐車場にセダンが停《と》まった。

降りたった刑事はふたり。警視庁捜査一課強行犯係の山村と轟《とどろき》だ。強行犯係は六つに分かれており、山村と轟のふたりはともに、中本係長を親爺《おやじ》とする中本班、通称《中本軍団》の刑事《デカ》だった。駐車場を横切り、病院の横手についた通用口を入った。

エレベーターは、突きあたりにあった。たばこを燻《くゆ》らせていた轟がそれをエレベーターわきの灰皿に消し、ひとつづきの動作で上りのボタンを押した。

目あての男の部屋の前には、制服警官がひとり立っていた。敬礼する警官に警察手帳を提示しながら目で会釈して、山村のほうがノックした。

小さなノックだ。ひと呼吸置いて、扉を開け、中に足を踏み入れた。ちんまりとした部屋だった。窓際にぽつりと置かれたベッドに、男がひとり横たわっていた。

山村の顔を見て、気だるそうに躰《からだ》を起こした。眠っていたわけではなさそうだ。

「よお」と、野太い声を出し、刑事たちに右手を挙げた。「よく来てくれたなあ。忙しいだろうに、感謝するぜ」

すわってくれといいながら、ドーナッツ型の椅子を指差した。

「轟の旦那《だんな》も一緒とはな。ありがたくって涙が出るぜ。ドアの陰に、もう一個椅子があるだろ。持ってきてすわってくれや」

刑事たちは、ちらっと顔を見合わせた。

口を開いたのは轟だった。「相変わらず態度がでけえじゃねえか。まるでてめえの金で、個室に収まっているようないいぐさだな」

男がにっと笑みを浮かべた。紫色の唇から白い歯が覗《のぞ》き、同時に顔色のドス黒さが際立った。健康的な黒さではなく、肝臓や甲状腺《こうじようせん》などに異常を持つものに特有の黒さだ。

「まあ、そういうなよ。俺だって、かつては税金を払ってた身だぜ。お国の金で、ちょいとばっかし贅沢《ぜいたく》させてもらったってバチはあたらねえだろ。腹に、水が溜《た》まりはじめちまってな。抜いてもらっちゃいるんだが、医者の様子からすると、もう長くはないらしいや」

「カーテンを閉めようかい。直射日光ってのも疲れるんじゃねえのか」

椅子を引き、男の枕元にすわった山村が尋ねた。後輩の轟とは対照的に穏やかな声だった。今年三十四になる轟よりも七つ上。去年四十の大台に乗った。冷静沈着。訊問《じんもん》におけるはち割りの名人。中本軍団の懐《ふところがたな》刀といわれる先輩刑事《デカ》だ。

「いいんだ。このまんまにしといてくれよ。おいら、空を見てたのさ」

指差す空を自らちらっと見やると、息をふっと吐き落とした。心持ち芝居じみても見える仕種《しぐさ》だった。

「こうしてベッドに横たわってるとさ、空がうんと青く見えるもんだな。わかるかい、旦那。別荘の四角く切りとられてた空とは、まるで別物みてえだぜ」

「そういうもんかもしれねえな」山村は呟《つぶや》き、一拍置いてから言葉を継いだ。「まあ、俺たちもあんまりゆっくりはしてられねえんでな。さっそくだが、相談ごとってのは何なんだ？」

「じつはな、旦那たちに頼みがあるんだが、女をひとり探しちゃあくれねえか」

「女だと……」

山村がふたたび呟く。轟が口を開こうとするのを押しとどめ、

「どういう女なんだ？」

「決まってらあな。俺のレコだったやつさ」

「ふざけるな。この野郎！」

その名のとおりの大声を上げる轟を、男はじっと見つめた。「ほんの一年まえに旦那たちがワッパをかけた男が、お勤めも果たし終わらねえままであの世にいっちまおうってんだぜ。ひとつぐれえ、願いを聞いてくれたっていいじゃねえか」

細めた目には、挑みかける光があった。目立つような光じゃなく、奥のうんと深いところに灯《とも》った色だ。そのくせ、強く、鋭かった。轟は目をそらしてから、そらしてしまった

ことに嫌悪感をおぼえた。たとえどんな場合でも、刑事は目をそらしたら負けだ。

山村が話を引き取った。「探し出して、どうするんだ。わかってるのかい、たとえこうして病院にいたって、家族以外との面会は禁止なんだぜ」

とはいうものの、男には家族はない。

「わかってらあな。だからよ、旦那の口から確かめちゃあくれねえか」

「何をだ？」

「ひと言でいやあ、俺に惚《ほ》れてたのかどうかってことをさ」

「――――」刑事たちはまた目を見交わしたが、今度は長いことではなかった。

「わかってるよ。旦那たちが、何がいいたいのかってことはな」男がいたずらっぽい目になった。「お宝のことだろうが。俺の口から何か聞きだせるかと思って、くそ忙しいなかをやってきたんだろ」

今度は轟が口を開いた。

「寺島《てらしま》、てめえ、やっぱり金を隠したまんまだったんだな！」

「さあてね」動じた様子は微塵《みじん》もなかった。「どうだい。だから相談っていってるんだ。女を見つけだして気持ちを聞いてくれたら、俺もお宝が本当にあるのかどうかを教えるぜ。もちろん、その場合は隠し場所もだ。悪い話じゃねえと思うんだがな」

「寺島さんよ。先にお宝の在《あ》り処《か》を教えろよ。そうすりゃあ、あんたの望みどおり、石巻《いしまき》伸江《のぶえ》を見つけだしてやろうじゃねえか」

山村がいうと、今度は動じた様子をあからさまにした。

「なんで仲江のことだとわかったんだ……」

「おめえがさっきいったじゃねえか。ワッパをかけたのは俺と轟だぜ。あんときおめえが同棲《どうせい》してた女を、知らねえわけがねえだろ」

「——けっ、死ぬ間際に思いだすのが、何もあんとき一緒に暮らしてた女だけとは限らねえだろ」

「無理すんない。おめえは、そういう男だよ」

「じゃあ、いっそのこと話は早《はえ》えや。やってくれるだろ、ヤマさん」

「お宝の話が先だ」

「やだね。俺は刑事は信じねえんだ」

「信じられない刑事に、最後の頼みをしようってのかい」

山村はいい、にっと笑った。

2

男の名は、寺島博之《ひろゆき》。

捕まるまでは、鈴村《すずむら》組のナンバー2だった。

鈴村組が、広域暴力団共和会から暖簾《のれん》分けをしてもらって独立したのは、今から八年はど前になる。暖簾分けとはいっても実際は、組長である鈴村徳次《とくじ》が共和会内部の派閥抗争に敗れ、跡目競争から外された結果として外に押しだされただけだった。だから組の構成人数も三十名そこそこ、シマもまた、申しわけ程度を裾《すそ》分けしてもらっただけだ。鈴村徳次は、山村たち刑事《デカ》の目から見れば肝っ玉の小さい男であり、鈴村組を実質的に支えて持ち堪《こた》えさせてきたのはナンバー2の寺島だといえた。

寺島は、そのずんぐりとして骨太の体型からは想像もできないほどに、頭も切れる男だった。ミカジメ料といった伝統的なシノギがすたれゆくなかで企業に近づき、株や土地取引や手形売買などに絡んだシノギを発展させた。いわゆる企業舎弟の体制に組を持っていったのである。

その中の最大のヤマが、河上《かわかみ》興業と手を組んで行なった、手形による多重債務詐欺であった。

寺島たちは休眠会社を次々と手に入れ、架空取引で銀行等の信用を得て手形を発行させた。そして、計画倒産の「命日」予定日が近づくと一斉にその手形を使用し、手数料を騙《だま》しとったのである。

役員名を偽造したり、適当に声をかけた浮浪者等を名義上の役員にしたり、印鑑証明の必要な代表取締役には知人や飲み屋で適当に声をかけた人間の名を数万で買いとってあてるなど、知能的な犯行だった。休眠会社の資産を少しずつ引き揚げて見せ、流通した手形が「命日」以前に換金されないよう銀行に回収を約束するなど、二重三重の〝堀〟を張りめぐらす手のこみようだといえた。

被害総額は、判明しただけでおよそ五億円。

うちの三億は回収ができたものの、二億近い金がいまだに不明なままだ。三億は寺島たちが休眠会社を買収するための資金源となった河上興業に入り、二億が寺島の取り分であった。

すなわち、寺島の取り分だけが、今なおどうしても闇の中なのだ。

寺島の取り分についての捜査が難航した理由はふたつ。

ひとつは、他でもなく、寺島のいた鈴村組が企業舎弟の道を選択したにもかかわらず、体質としてはむかしながらの〝暴力団〟だったことにある。

入った金は、そのまま頭割りしてしまう。正確には、実際は頭割りのはずはなくとも、かたち上はあくまでも頭割りした勘定で済ませてしまうというわけだ。こうした伝統的な〝数の論理〟を守る組織に金が入ると、きちんとした会計システムが不在なため、税務署にも警察にもなかなか金の総体をつきとめることができない。

寺島自身の供述も、金は組の連中で分け、組の運営のために使ってしまったの一点張りであり、それ以外は何を訊《き》こうとも黙秘をつづけるだけだったのだ。

ふたつめは、寺島が逮捕された当時の、鈴村組の状況と関係している。

ちょうどその時期、鈴村組は他の組織とのあいだでことを構えかけていた。

発端は、ウォーター・フロントの開発をめぐる上部組織同士の争いだったが、上部組織がぶつかりあえば、修復のしようのない抗争となる。

こういった場合、ヤクザの知恵として、代理戦争のかたちを取る。代理となる白羽の矢を立てられるのは、大概が組織の主流からは外れた男だ。本人には、この揉《も》めごとを上手《うま》く処理したおりには云々《うんぬん》と持ちかけながら、実際は責任をすべて押しかぶせるのだ。共和会の派閥争いから押しだされて組を構えた鈴村徳次は、それに恰好《かっこう》の存在だった。

一触即発にある暴力団には、警察も生半可な手出しはできない。

まして山村たちは一課のデカであり、マル暴を担当する四課とのあいだの縄張りの問題もあった。

さらには、ある事情から一課がこの詐欺事件に首を突っこんだものの、本来詐欺は二課の担当である。そういった警察組織の縦割り主義の弱点も手伝い、結局二億の金の在り処はうやむやのまま、寺島を書類送検し起訴しなければならなかったのだ。

——だが。

お宝は今もまだ、必ずどこかに眠っているはずだ。

そして、それを知っているのは寺島だけだ。

組長の鈴村は、あの当時、あきらかに抗争資金に困っていた節がある。もしかしたら寺島は、どこかで組長を見限りはじめており、この資金を元手に何か別の道を選択するつもりだったのかもしれない。だが、河上興業からたどった金の流れによれば、手形詐欺によって得た収入が寺島の手に渡ったと思われる日付と寺島逮捕までのあいだには、ほんの限られた日数しかなかった。まして組が他のヤクザとのあいだで抗争状態にあったのだ。金を新たなことに振りむける余裕はなかったはずで、どこかに隠しこんでおいたと考えるべきだ。

それが、山村と轟に共通の推理だった。

「なあ、寺島よ」

山村は声を落とし、顔をベッドの男に近づけた。「おめえは天涯孤独の身だ。金を残していったってしょうがねえだろ。いっそのこと、とっとと在《あ》り処《か》をしゃべっちまって、さっぱりしたほうがいいんじゃねえのか」

「よしてくれよ、ヤマさん」寺島は首を振って見せた。「あんたの口車にゃあ乗らないぜ。伸江の行方を探してくれるのが先だ」

「金はあるのか、ないのか。それじゃあそれだけでも先に教えろよ」

「どうだろうね」

寺島の顔を覗《のぞ》きこむように見つめる山村を、轟は苛立《いらだ》ちを押し隠しながら横目にしていた。山村の気の長さが、ゴリ押し一辺倒の轟には、時折りまどろこしく思えてならない。

「わかったよ」山村がうなずいた。「それじゃあ、頼みを聞いてやらねえでもねえがな、ひとつ知人としての助言も聞けよ。おめえはこうしていたって塀のなか、相手は塀の外なんだ。そんなことを確かめるよりも、信じたまんまでいたほうがマシだってこともあるんじゃねえのか」

　口をつぐみ、考えこむような顔になった寺島を見つめたままで言葉を継いだ。

「何か疑いたくなるようなきっかけでもあったのかい？」

「ヤマさん」轟は思わず横から口を出した。「そんな話より、金の在り処が先じゃないんですか」

　山村は取りあわず、じっと寺島を見つめている。

「じつをいうと、こういう躰《からだ》になっちまったのがわかってからな、出所を間近にした野郎に頼んで仲江と繋《つな》ぎを取ってもらったんだよ」

　寺島がぽつりと吐き落とした。

「そいつが、別のムショ仲間のカミさんに頼み、カミさんからムショ仲間のところに手紙で連絡がきたんだ――」

　手紙の発信および面会は、懲役刑の場合は月に一回、禁錮《きんこ》刑の場合は二回が原則とされていた。受信の回数には制限はないが、ただし、受発信、面会とも、可能な相手は親族調査表に載っている親族にかぎられる。

　寺島にとって内縁の妻であった石巻仲江の場合はそれにあたらず、音信は不可能なままだった。しかも、寺島には親兄弟はない。ムショ仲間を通じて仲江の消息を知る必要があったのはそういう事情だった。

「ところが、どうもそいつの話が煮えきらなかったのさ。こうして病院に移されることになっちまったんで、きっちりと問いつめることはできなかったんだが、シャバに出れた野郎が仲江に会えたのかどうかもはっきりしねえ。仲江は俺が出るまでは、同じ場所で俺を待ってるはずだったんだ」

「その手紙を受けとったムショ仲間の名は？」

「おいおい、そりゃあ勘弁してくれよ。刑事にこんな話をぺらぺらしゃべったとあっちゃあ、信義にかかわる」

「それじゃあ、ムショを出て仲江を訪ねた野郎の名を教えろよ。安心しな、この件でそいつを責めようなんて気はねえよ」

シャバに出た人間は、特に仮出所中、かつてのムショ仲間やその周辺の人間と連絡を取ることを禁じられている。山村はそれをいったのだった。

「なあ、寺島よ。おめえの頼みを聞くのに、知っといたほうがてっとり早いかもしれねえだろ」

「本当にそれだけだろうな？」

「くどいぜ」

「田崎《たざき》って野郎だ。田崎淳也《じゅんや》。千住《せんじゅ》をシマにした組にいる」

「おまえがやつに、仲江に会いにいってくれと頼んだのはいつごろなんだ？」

「ふた月ほどまえさ」

「返事がきたのは？」

「病院に移される直前だったから、先々週だ」

告げたのち、寺島はめずらしく躊躇《ためら》いを顔ににじませた。

「それにな、ヤマさん」硝子《ガラス》細工でも扱うかのようにそっと口を開いた。「あんたらは何も答えられねえだろうから、この話は黙って聞き流してくれりゃあいいんだが、どうも俺がパクられたのは誰かに密告《さ》されたからじゃねえかって気がしてならねえんだ」

山村も轟も、何も反応しなかった。

「もちろん、俺らが仕掛けた『命日』からいって、莫迦《ばか》者からの訴えが出るのは読んでたぜ。だが、それにしたってサツの動きが早すぎたんじゃねえのか。ましてや組が出入りになろうとしてた瀬戸際だった。だから、何らかの繋がりで俺らの詐欺のからくりを読んだ敵対組織がチクったのかと思ったりもしたんだがな、どうもこうしてベッドに横たわってると、すっかり気が弱くなっちまったようで、伸江がチクったのかもしれんって疑念が湧いちまって、いてもたってもいられねえのさ」

山村が苦笑して見せた。

「おめえ、ちょっとデカをナメすぎてやしねえか。てめえらがやったヤマなんぞ、すぐにこっちにゃ見通せるんだ。ワッパをかけたのがむしろ遅すぎたぐらいだぜ」

腰を上げて、つづけた。

「まあ、いいやな。こっちも忙しい身だが、二、三日中にゃあまた連絡してやるよ。長話は躰に障るから、そろそろ行くぜ」

部屋を出ようとする刑事たちを、後ろから寺島が呼びとめた。

「待ってくれよ。話は終わっちゃいないんだぜ。まだ、最後の相談が残ってるんだ。俺だって、いい加減な答えじゃなく、本当のところ仲江の気持ちがどうなのかってことを知りてえ。だから、仲江が俺に惚《ほ》れてるのかどうかっていうちゃんとした証拠を持ってくるか、それがだめなら仲江本人を、旦那《だんな》たちの裁量でこの部屋まで呼んでくれねえか。それが、お宝の在り処を教える条件だ」

口を開きかける轟を、山村はそっと手で制した。

「わかったよ。考えとこう」

3

「ヤマさん、本気ですか？」

エレベーターで地階に下り、通用口を目指して歩きながら、轟は先輩刑事《デカ》に問いかけた。

「俺だって死んでいく人間の望みを無碍《むげ》にしようとは思いませんが、ちょいと人が好すぎるってもんじゃありませんかね。女の本心を聞きてえなんぞ、野郎はすっかり気が弱くなってるんだ。先に金の在り処を吐けともうひと押しすりゃあ、ゲロってたんじゃないですか」

「そう思うか？」

「ええ」

通用口を出る。山村はちらっとこっちを見た。

「轟よ。俺が興味があるのは、あくまでも金の行方だぜ。女の件は、やつにゃあ悪いが二の次さ。今度は二課にゃあ持っていかせねえぜ」

山村がいったのは、寺島逮捕後の経緯《いきさつ》だった。

ワッパをはめたのは、山村と轟のふたりだったが、事件は詐欺で二課の管轄だ。よって、上同士の話しあいにより、寺島の取調べは二課のデカに引き継がれ、はち割りのヤマさんの異名を取る山村でさえ立ちあうことはできなかったのである。

むろん組織上の管轄からいえば、二課の要求に無理はない。だが、刑事の世界には、先乗りに優先権という大原則がある。すなわちワッパをはめたものが、《獲物》を料理する権利を持つのだ。

ただし山村たちは何も、そういった風習を無視されたことにこだわっているわけではなかった。当時、《中本軍団》のデカたちは、河上興業がからむと目される東南アジアとの故買密輸ルートの線を洗っていたのだ。二課に詐欺事件の取調べで寺島と河上の双方をさらわれたため、ルート解明の捜査に大変な支障をきたした。寺島がこの密輸に一枚嚙《か》んでいる可能性も徐々にはっきりしたものの、結局その証明まではできず、それで二課が詐欺事件の起訴のみを目指して寺島たちの身柄を掠《かす》めてしまったのだった。この貸しは返してもらう、という思いは、轟も山村も同じだった。

「それじゃあ」

轟が口を開きかけると、それに被《かぶ》せるように山村がいった。

「だいいちな、女の行方はもうわかってるんだ」

「なんですって」轟は思わず声を上げかけた。「どこなんです？」

「あすこさ」

春まだきの空を指差した。

「――――？」

「年明けの八日。つまりふた月ほどまえだった。シャバに出た田崎って野郎にしろ、別荘で報せを聞いたダチにしろ、病気で気の弱くなってる寺島にゃあいえねえと思ったんじゃねえのかな。そして、たぶん寺島のほうも、ダチにそんな雰囲気を感じたからこそ、俺たちに頼んできたんだろうぜ」

「寺島も内心じゃ、仲江が死んでるかもしれねえと疑ってるってことですか？」

「ああ、そういう恐れも持ってるんだと思うぜ」

轟は先輩の顔を見つめた。食えないデカだ。そう思った。だが、仲江がもうこの世にいないと知れば、寺島は金の在《あ》り処《か》について、ますます口をつぐむのではなかろうか。

それに、寺島との約束を守るとするなら、仲江を病室に連れていけない以上は、女の気持ちを示す証拠を見つけなければならないことになる。はたして、そんなものが見つかるのか……思いかけると同時に、違う疑問が湧いた。

「仲江はなぜ死んだんです?」

「病死さ。寺島が別荘に入っちまってからは、ずいぶんと無茶な飲み方もしてたみてえだしな。店に出てこないのを訝《いぶか》ったバーテンダーが見に行って、布団のなかで冷たくなってるのを発見したのさ」

「ヤマさんは、どうしてそれを知ったんですか?」

運転席の扉を開けながら、轟は訊《き》いた。

「この一年、それとなくあの女に目を光らせるようにしてたからな」

驚き、問いかけた。「――なぜですか?」

「決まってるだろ。お宝の在り処を探すのに、いちばんの手掛かりとなる女だからさ」

「でも、ヤマさん。あの女は、九割方、お宝の在り処など知らなかったはずですよ」

寺島の同棲《どうせい》相手であった仲江は、事件当時、当然のことながら二億の行方を知る可能性の高い人間として事情聴取もされ、身辺捜査も行なわれた。だが、女が金の在り処を知り、それを入手しようとしている可能性は、ほぼひと月ほどのあいだに否定せざるをえなかったのだ。

決め手となったのは、皮肉なことに、仲江の父親が抱えた借金だった。女の身辺捜査の途中で、仲江の父には街金融にかなりの額の借金があり、その保証人に仲江と仲江の弟のふたりがなっていたことが判明したのだ。父は博打《ばくち》狂いの男で、仲江の父親に対する愛情が冷めている節はあったものの、弟は真面目な勤め人で、姉弟の仲は良好だった。仲江が新橋《しんばし》に経営するスナックが、借金の形《かた》として取られかねない状況にある事実も判明した。それにもかかわらず、伸江は二億に頼ろうとはしなかった。最終的には、スナックを売り払い、自分はホステスとして勤めに出る道を選び、売却代金を父親の借金返済にあてたのである。

もしも寺島からお宝の在り処を聞いているのだとすれば、必ずその金を使おうとしたはずだ。捜査会議も、圧倒的な割合で、その意見を採用した。

それだけではない。轟は、当時自分たちが下した判断を思い出していった。

「それにヤマさん、あの一件は、あくまでも寺島が河上興業と組んで打ったシノギでしたが、組長の鈴村にゃあそうは思えなかったはずです。舎弟の稼いだ金は、当然自分の懐に入るものと判断したでしょうぜ」

山村が、先回りするように応じた。

「おめえのいいたいことはわかるよ。寺島自身にだって、鈴村がそう考えるだろうことはわかってたにちがいねえ」

「ええ。ですから、金の在り処を教えたりすりゃあ、女の身が危なくなるじゃないですか」

「だから俺も、女がお宝の場所を知っていたとは思っちゃいねえさ」

「──それじゃあ?」

「だがな、あんときのタレコミが、俺にゃあずっとどっかに引っ掛かってたんだよ」

「仲江がやったと、ヤマさんはまだそう思ってるんですか？」

さすが寺島も莫迦《ばか》じゃない。先ほどやつが口にしたように、自分が捕まった発端が密告にあることを薄々勘づいていたのだ。

逮捕のおよそ一週間まえ、一課宛《あて》に手形詐欺事件の概略を告げる投書が舞いこんだ。差出人は不明。消印は丸《まる》の内《うち》の東京中央郵便局。ワードプロセッサーで書かれた手紙で、使用した機種、紙、封筒、切手などから差出人の特定は不可能だった。

しかし、他でもなく宛先が一課だった事実から、タレコミの主は一課が河上興業の密輸ルートに関する捜査に取りかかっている事情を知る誰か、すなわち河上興業の関係者だろうとの予想が多かった。そして、その線で密告者の特定を急ぐ一方、別件で引っ張れる可能性を求めて、河上興業と寺島の詐欺事件にも捜査の網を広げたのである。

だが、当時から山村ひとりだけは、タレコミの主は河上興業の関係者ではなく、寺島のほうの関係者の誰かではないかと主張していた。

寺島が属する鈴村組が出入りを間近に控えているという時期的な一致に、ある種の意図を感じるというのと、河上興業の関係者ならば、手形詐欺を密告するのではなく、密輸ルートについてのネタそのものを提供したはずだというのが山村の主張だった。タレコミがあった時点では、密輸ルートと寺島の関係はまだ確信には至っておらず、実際最後まで証明ができなかった事実から鑑《かんが》みても、それほど濃厚な関係はなかったはずだ。

「しかし、一緒に暮らしてた女が、なぜ寺島を密告するんです。金が目的だとしたら、どうしてその後お宝を手に入れようとはしなかったんです」

「あれからまだ一年だぜ。スナックを経営したことだってあり、ヤクザの情婦だった女だ。へたに動きゃあ警察にも組にも追われることを計算し、じっと息を潜めつづけていたのかもしれねえじゃねえか」

「ヤマさんの勘ですか？」

「わからねえが、とにかくあの女は何か引っ掛かってたのさ。だから目を離さねえでいたんだ」

呟《つぶや》いた。山村がこれ以上は何も告げないことは、長年のつきあいでわかっていた。答えが出るまでは、じっと腹のなかに溜《た》めこんでおくタイプの刑事《デカ》だ。そこが尊敬できるところであり、しかし一方では、どことなく腹の立つところでもある。

轟は車のエンジンをかけた。

「それで、これからどうするつもりなんです？」

「決まってらあな。寺島との約束を果たすのよ。伸江の知人関係を当たり、あの女が寺島に惚《ほ》れてたのかどうかをたしかめようぜ」

それに何の意味があるというのか。口許まで出かかった言葉を飲みこんだ。ひと筋縄ではいかない先輩刑事だ。何か魂胆があるにちがいない。

「ベタ惚れだったわね。莫迦な子だったよ」

女は煙とともに吐き捨てて、煙のなかで目をすがめた。

「見てて、いじらしくもあったけれど、莫迦ねっていってやりたくもなったわよ」

狐を連想させる女だった。

4

開店まえ。顔に昨夜のなごりと思わせる疲労と、いつからのなごりなのかはわからない険とが同居していた。いったん店を開けたなら、今夜もまた客にはわからない程度にまで、疲労も険も押し隠してしまうにちがいない。

「連絡もなく二日も三日も休むような子じゃなかったんで、バーテンやってる若いのに見にいかせたんだけど、そしたら死んで三日も経《た》ったあとでさ。医者の見立てじゃ、心筋梗《こう》塞《そく》ってことだったけれど、心臓がとくに弱かったなんて話も聞いちゃいなかったもの。結局、苦労と孤独が命を縮めたんだよ。全部その、寺島って男のせいさ」

小さな店だった。小綺《こ》麗《ぎれい》な印象は、お世辞にもない。ここでホステスをして、仲江が一晩にいくらもらっていたのか想像はつかなかったが、轟には、おそらく暮らしととんとんの額だったのではなかろうかと思われた。

女がたばこを灰皿に押しつけてばらばらにした。

山村が訊《き》いた。「ママさんは、田崎淳也って男には心当たりはないかね？」

「誰だい、そりゃ？」

「なあに、寺島のムショ仲間だった野郎さ。仲江がどうなってるのか心配した寺島は、田崎に頼んで様子を見にこさせてるんだ」

女が首を振った。

「知らないねえ。そんな男は」

「ところで、仲江には、寺島以外の男がいたってことは考えられんだろうか？」

ふたたび尋ねたのは山村だった。轟は、女が寺島に惚れていたかどうかなどにはやはり大した興味を持てず、先輩刑事に任せてしまう気になっていたのだ。

「どういう意味だい？」

女は山村を睨《にら》みかえした。

「いや、一応と思ってな」

「莫迦いうんじゃないよ。何が一応だい。男ってのはほんとにどいつもこいつも。いいかい、デカさん。それなら教えてやるがね。お客のなかに、あの子に熱をあげてるやつがいて、パトロンになって店を開けさせるからって口説いたことさえあるんだよ。こういっちゃあれだが、うちみたいなチンケな店にいて、そんなお客と巡りあえるってのは、それこそ滅多にないことなんだ」

「――」

「ましてね、女ってのは男よりもずっと若いうちに、自分の行き着く場所が決まっちまうものなのさ。あの子の歳《とし》だったら、もう一回店をやれるのか、一生ホステスで終わるのかってのを考える最後に来てた。それを、伸江ったらあっさりと断っちまったんだよ。惚れた男がいるからってね。あんたら男に、水商売の女のこういう決意の重さがわかるかい！」

山村が困ったような顔で鼻の頭を掻《か》くのを、轟はちらっと横目で見た。

さらにいくつか会話を交わしてから腰を上げると、女は刑事たちを見上げていった。

「ねえ、刑事さん。機会があったらその寺島って男にいって聞かせてやっとくれ。あんな野郎、バチがあたって死んじまえばいいんだとね」

何も答えず表に出た。

夕闇が降りると寒さが増す。

そのマンションは東京の郊外にあった。帰宅のラッシュ時間に巻きこまれたため、轟たちがマンションにたどり着いたときにはすっかり陽が沈み、時刻も夕食時に差しかかろうとしていた。

エレベーターで目当ての階にあがり、鈴村組という看板が掲げられた部屋のチャイムを押した。

応答がないのでいらつきつつ、しつこく押しつづけたのは、マンションに入るまえに表から、この部屋の窓に明りがあることを確認していたためだった。

「本庁《オモヤ》の轟ってもんだが、組長はいるか」

やっと出てきたチンピラに、轟が居丈高《いたけだか》な声を浴びせかけ、組長の鈴村徳次に取り次がせた。

「いい度胸だな。刑事相手に居留守かい」

鈴村に対して、じかにそう浴びせたのは、山村刑事のほうだった。

鈴村は、額が禿《は》げあがってかった顔を必死で左右に振った。

「そうじゃねえんで。まあ、旦那《だんな》、すわってくださいよ」

躰《からだ》はごつく、押し出しが立派であるにもかかわらず、実際は気の小さな男だった。腰を屈《かが》め、愛想笑いを張りつかせて、轟たちをソファにいざなった。

「うちも大変なんでさあ。なにしろ、堅気《かたぎ》の連中がうるさくてね。ヤクザは出ていけとわめきたてて、署名なんぞ集めてやがる。くそ、俺たちにだって生きる権利があるってえのに、こういうのは差別じゃねえんですかねえ」

落ちぶれた。目のまえにいる鈴村と、一年まえの捜査で会ったころのこの男を比べ、轟はそんな印象をいっそう強めた。

あの当時、組の事務所はまだ東京の中心部にあった。寺島が警察に引っ張られたのち、敵対組織との抗争は、この鈴村の腰砕けが原因で大した揉《も》めごとさえ起こらないままに終結し、それにともなって当時の縄張りも失った。そして、逃げるようにして、郊外へと落ち延びたのだった。この事務所の感じでは、今では組員も十人に満たないのではなかろうか。

「じつはな、鈴村よ。今日は他でもねえんだが、おたくの寺島の件で来たのさ」

山村が、単刀直入に切りだした。

「寺島の野郎がどうかしたんですかい？」

「聞いてないかい。癌で死にかけてるのさ」

鈴村は、わずかに表情を動かしたものの、結局つまらなそうにうなずいたきりだった。

「それでな、ちょいと教えてもらいてえんだが、あんた、寺島の情婦だった、石巻伸江って女を憶えてるだろ」

「ああ、あの女かい」

「伸江のことで、最近何か耳にしたことはないか？」

憎々しげに舌打ちした。

「けっ、あんな女のことなんぞ知ったこっちゃないですよ」

「だがな、寺島はおたくの人間なんだぜ。通例からいやあ、本人が別荘に入ってるあいだ、頭のあんたが陰ながら見守るってのが筋だろうが」

「そりゃあそうだが、あんなクソ女のことなんぞは、こっちの知ったこっちゃねえんでね」

言葉を切り、上目遣いに刑事たちを見つめてきた。

「今だからいうがねえ、旦那。俺はあの女が寺島をあんたらに売ったんじゃねえかと踏んでるんですよ」

轟はどきっとして鈴村の顔を見つめかえしてから、隣りの山村に視線を流した。

山村は表情ひとつ変えずに問いかえした。

「ほう、どうしてそんな妄想が湧いたんだい」

「妄想なんかじゃねえや」

「それなら、女が寺島を警察に売った理由はなんなんだ？」

「決まってらあ。復讐《ふくしゅう》ですよ」

「復讐とは、どういう意味だい？」

思わず轟は口を出した。つい興味が動いてしまったのだ。

「寺島ってのは、莫迦《ばか》な野郎なんでさあ。女がてめえのことを憎んでるのを知りつつ、本気で惚《ほ》れやがったんだ。囲《かこ》って、店を持たせ、一緒に暮らすだけじゃあまだ足りず、籍まで入れたがってたんですぜ」

「するってえと、女がそれを拒んでたってわけか？」

山村が、轟のほうに目配《めくば》せしてから問いかけた。質問は自分に任せろという意味だ。聞込みの場合、片方が質問役になり、もう片方が観察役になるのが鉄則だ。

轟は意図を理解し、口を挟まないことにした。伸江が本当は寺島を憎んでいたのだとすれば、一年まえの密告者が彼女であった可能性が再浮上する。となれば、女が金を隠した可能性もだ。

「ああ、拒んでたのさ」

「なぜだ？」

「親父に会わす顔がなかったからでしょうよ。あの女の両親は、むかし赤坂で料亭をやっていたんだが、親父ってのが博打狂《ばくちぐる》いでしてね。俺たちにとっちゃあ、いちばん狙いやすいカモだ。きっちりとカタに嵌《は》めて料亭を掠《かす》めとったんだが、そのシノギを仕切ったのが寺島のやつなんですよ。おっと、まさかもう死んじまう人間の余罪をとやかくいおうってのはなしですぜ」

「――決まってらあ」

「ならもっといいますがね、お袋のほうは、そのときの苦労が元でおっ死《ち》んじまった。たしかあの女にゃあ弟がいたが、男は使いものにゃあならねえからほっとくにしても、女は売れば金になる。それでコロがすつもりで近づいた女に、あの莫迦、ころっと惚れちまったわけでさあ」

「そりゃあ、いつのことなんだ？」

「五、六年もまえになりますかね」

「すると、それからずっと長《なげ》えあいだ、伸江は自分が憎んでる男と暮らしつづけてたといてえのか？」

「旦那がたにゃあわからねえでしょうが、女ってのは一回やられちまうと弱いもんだってことですよ」

下卑《げび》た笑いにつれ、唇から黄色い歯がのぞいた。

山村はたばこを抜きだして火をつけた。ゆっくりと品定めをする目つきで部屋を見渡しながら、心持ち皮肉な口調で問いかけた。

「それにしても組長さんよ、あんた、寺島をサツに売ったかもしれねぇ女を、どうしてそのまんま放っておいたんだい。寺島がパクられることで、あんただって被害をこうむったようだし、報復のひとつも考えなかったのはなぜだね？」

「――そりゃあ、女が密告したって確信まではなかったしな」

鈴村は目を伏せて早口に答えた。

轟にもわかった。実際は、ムショを出てきたあとの寺島の報復が恐ろしくて、女に手を出せなかったのだ。同じ理由で、寺島が隠した可能性のあるお宝の行方を探しだすために、女に手出しすることもできなかったにちがいない。あるいは寺島が、出所した暁にはお宝の何割かは差しだすといった程度の鼻グスリでも嗅《か》がせたのだろうか。

――いずれにしろ、先頭立って動くのを恐れるあまりに派閥争いで敗れ、小さな組におっぽりだされ、敵対組織との抗争にも怖《お》じ気《け》づいて郊外に押しやられたような男だ。寺島のような片腕がいなければ、何ひとつまともにはできなかったということだ。

5

鈴村組をあとにした刑事たちふたりは、国道を心持ち東京の中心部にもどったところで見つけたファミリー・レストランで、夕食を摂ることにした。

周りに聞かれずに話をするのには、店構えが小さく隣りの席との間隔も狭い定食屋などより、こういった場所のほうがよほど適している。

注文を聞いたウェイトレスが遠ざかると、轟は山村のほうに上半身を乗りだした。

「ヤマさん。なんだか、女心ってのはわからんもんですね。俺なんかにゃあ、つまらねえ女房ひとりで充分って感じもしますよ」

「ふむ」と、山村は大して興味もなさそうにうなずいたきりだった。

「伸江が勤めてた店のママがいってたことが本当なのか、組長の鈴村がいってたことが本当なのか。どうなんでしょうね。俺にはそっちのほうに興味が湧いてきましたよ」

轟がそう言葉を継ぐと、ちらっとこっちを見て目を細めた。

「それじゃあちょうどいい。おめえは、今夜、もう一回伸江が勤めてた店にもどって、他の女の意見も聞いてみてくれよ」

「そりゃあかまいませんが、ヤマさんのほうはどうするんです？」

「おりゃあ、千住に足を運んで、寺島とムショでダチ公だった田崎淳也って野郎を当たってみるさ」

「田崎を——」

「ああ。なにしろ寺島の野郎は、仲江を病室に連れていくか、女が惚れてたのかどうかを示す証拠を見せるかしなけりゃ、お宝の在《あ》り処《か》はいえねえといってるんだからな。こまめに当たってみるしかねえだろ」

いいながら、いたずらっぽくも見える笑みを浮かべた。

「あ」と轟が声を上げたのは、夕食を食べ終わり、セットでついてきたコーヒーに口をつけた瞬間だった。食事のあいだじゅうずっと、山村が浮かべたいたずらっぽい笑みが気になっていたのだ。

「ヤマさん」

改めて呼びかけた。

「相変わらず人が悪いや。もしかして、仲江は病死じゃなく、田崎に殺されたのかもしれねえってことを疑ってるんじゃないんですか？　田崎は寺島のムショ仲間だった男だ。何かの拍子に、寺島の口からお宝の話を聞いていたとしても不思議はねえ。そんな寺島から、死ぬまえに女と繋《つな》ぎを取りてえと頼まれりゃあ、当然お宝が絡んでいると考える。もしかしたら、田崎が女を殺してお宝を持ってるんじゃねえか。ヤマさんはそう考えてるんでしょ」

山村はカップをテーブルにもどし、にっと笑った。

「おめえもその可能性を考えたかい。田崎が寺島から仲江を訪ねるように頼まれたのもふた月まえ、仲江が死亡したのもふた月まえ。関連性があるかもしれねえ。仲江の死亡した日付のほうはすでにわかっているが、田崎がムショを出たのがふた月まえのいつなのかって点を調べてみる必要もあるぜ」

「まったく人が悪いや。それじゃあ、俺もヤマさんと一緒に行きますよ」

だが、山村は首を振って見せた。

「いや、おまえのほうは、仲江がいた店のホステス仲間を当たってくれ」

「なぜです——」

「寺島は、女が自分に惚れてたのかどうかを知りたがってるんだぜ。それをはっきりさせねえことにゃあ、埒《らち》が明かねえじゃねえか」

「しかし——」

「田崎がお宝を持ってるなら話は早《はえ》え。だが、持ってなかったらどうするんだ。このまんまじゃ、寺島はお宝の在り処を墓の中まで抱えていっちまうかもしれねえんだぜ。野郎は、腹に水が溜《た》まりだしてるっていっただろ。うちのじいさんも、そうなってからは早かったよ」

手をのばしてきて、轟の肩をぽんと叩《たた》いた。

「心配するな。田崎が臭えと睨《にら》んだら、すぐにおめえに教えるよ。たまにゃあ息抜きをかねて、ホステス相手に酒でも飲んでこいよ。俺のほうはな、田崎が臭えかどうかとは別に、やつに会って伸江とどんな話をしたのかってことも確かめてみてえのさ」

——腹に水が溜まりだしてからは早い。

山村が口にした言葉を、轟が早くも実感したのは、すぐ翌日のことだった。病院から、山村宛《あて》に、寺島博之の容態が急変して昏睡《こんすい》状態に陥ったとの連絡が入ったのである。

山村から報告を受けた係長の中本が、寺島の病室に張りつくことを轟に命じた。寺島の意識が回復したら、すぐに本庁《オモヤ》に連絡を入れる一方、なんとかして寺島の口からお宝の在り処を聞きだせというわけだった。

轟はいったん家に帰り、妻に着替えを用意させた。一課は決して人手があまっているわけではない。山村は昨夜遅くに発生したコンビニ強盗事件に駆りだされることになったので、寺島の意識がもどるのを、轟がずっとひとりで待ちつづけなければならない可能性もあった。

家を出るとき、何日かは帰れないかもしれないと告げると、結婚して五年になる妻は心得顔で「お気をつけて」と微笑んで見せた。

昨日と同じ警察病院の駐車場に車を入れ、病室に向かった。

——病室は、昨日とは様子が変わっていた。

寺島は、人工呼吸器を口につけ、点滴の管を腕からのばしていた。

心電計が枕元に置いてある。つい昨日まで憎まれ口を叩いたヤクザは呼吸器の動きに合わせて弱々しく胸を上下させているだけで、部屋のなかに漂うのは、等間隔の小さな機械音だけだった。

「はかねえものだな」

頬のこけた病人の顔を見下ろしてひとりごち、ベッド脇の椅子に腰を下ろした轟は、無意識にたばこを取りだしかけて苦笑した。

田崎淳也が仲江を殺害した可能性は、一夜のうちに否定されてしまっていた。

たしかに仲江が死亡したのは、田崎がムショを出たあとであり、田崎は一度仲江と会っていた。

だが、仲江が死んだときには、故郷の中学校の同窓会で九州へ帰っており、確固としたアリバイを証言する人間が何人もいたのである。

それでは、仲江はやはり病死だったことになるのか。

やはりお宝の在り処を知っているのは、この寺島ひとりだけなのだろうか。

轟は病人の枕元に腰を下ろしたまま、もう一度頭を整理してみることにした。

鈴村が話したように、仲江の目的が両親の料亭を奪った寺島への復讐《ふくしゅう》にあるのだとすれば、二億のお宝などとは無関係に寺島の犯罪を密告しても不思議はないかもしれない。それならば、仲江がお宝の在り処を知らず、その後父親の借金のために店を手放さねばならなかったこともうなずける。

それに、河上興業と組んだ手形詐欺は、寺島としてもかなり大きなヤマだったはずだ。その金が入った直後にワッパをはめられたのは、やつに何よりも悔しい思いをさせただろう。一方、それは、鈴村組が敵対組織とのあいだで出入りを控えた時期でもある。寺島と一緒に暮らしていた伸江ならば、寺島が抜けたあとの鈴村組が抗争に敗れて落ちぶれるはずだとの計算も立ったはずで、つまり、寺島を密告することが、鈴村組全体への復讐にもなるのだ。

いや、それともお宝のほうも、実は伸江の手に渡ってどこかに隠されたという可能性はないだろうか。山村が昨日指摘したように、伸江は自分が派手な動きをすれば警察と鈴村組の双方から追われる危険を計算に入れ、ホステスをつづけながらお宝を取りだす機会をじっと窺《うかが》っていたのかもしれない。パトロンになるという男を拒んだのは、すでに金が手に入っていたからだとは考えられないだろうか。

だが、だとすれば伸江が勤めていたクラブの女たちがした話は何だろう。轟は昨夜、山村と別れたあとふたたびあの店にもどり、店の女たちから伸江の話を聞いてまわった。どの女も経営者のママと同様に口を揃えて、伸江の寺島への一途《いちず》な思いを語ったのである。

轟には、水商売の女の気持ちは、いまひとつよくわからなかった。妻とも見合い結婚で、それもなんとなく刑事の妻として家を守ってくれそうだとの思いから結婚を決めた程度だったので、だいたい女の気持ちというものがよくわからない。

もしかしたら、一途だったのは伸江という女本人ではなく、自分たちのそばに一途で純な女がいてほしいと願う水商売の女たちなのかもしれない。つまり、女たちが語って聞かせた話は、ただの幻想にすぎないのだ。

「いや」と轟は呟《つぶや》いた。幻想ということでいえば、親組織を追われた挙げ句に落ちぶれた鈴村が、なぜ自分の勝手な思いこみを語らなかったといえるだろうか。やはり密告の主は仲江ではなく、当時の捜査本部の予想どおり、河上興業の関係者の誰かなのかもしれない。にもかかわらず鈴村には、寺島逮捕が寺島にとっても鈴村にとってもあまりに不利となる時期だったので、仲江が復讐のために密告したものと思いこんでいるだけではないのか。

軽い仮眠とともに一夜を過ごした轟は、朝の光とともに猛烈な疲労を感じた。刑事は徹夜には慣れている。疲労はそのためのものではなかった。死んでしまった女の気持ちなど、わかりようがないのだ。

だが、ひとつのことだけは痛いほどにわかった。

寺島という男は、ひと晩中轟が考えても答えが出せなかった疑問を、捕まってからずっと考え抜いてきたにちがいない。

そして、自らの死をまえにした現在も、そのことで悩みつづけているのだ。

6

――二日後の昼過ぎ。

警察病院の駐車場で、轟は山村が自ら運転してきた車を出むかえた。寺島の意識がもどったとの報せを受けた山村が、本庁《オモヤ》から一直線に飛んできたのである。轟が医者から聞いた説明では、寺島はだいぶ体力も弱っており、これが最期かもしれないとのことであった。

「どうなんだ。寺島の様子は？」

並んで駐車場を横切りながら山村が訊《き》いた。

「痛みどめの注射でいくぶん意識が朦朧《もうろう》としてるようですが、話せる状態です」

「仲江の話はしたのかい？」

山村の問いに、轟は無言で首を振った。自分には、どうしたらいいのかわからない。そう口にするのは癪《しゃく》だったが、寺島に何をどう話せばいいのかわからなかったのだ。

数日のあいだにさらに痩《や》せた寺島は、ベッドに躰《からだ》を横たえたままで刑事たちをむかえた。

「――ヤマさん。待ってたぜ……。轟の旦那《だんな》が、話は全部ヤマさんが来てからだっていうんでな」

発音が、全体に弱々しく、しかも不明瞭《ふめいりよう》になっている。

苦しげに息を継ぎ、ゆっくりとつづけた。

「仲江のやつは、どうしてたね？」

轟は、先輩刑事の顔をこっそり窺った。

「会えなかった。彼女はもう、死んでたよ」

驚きを隠しきれなかった。なんとなく、轟には、先輩刑事が正直に仲江の死を告げることはないような気がしていたのだ。

仲江が死んでいたとなれば、寺島は《証拠》を要求してくる。

二日間、昏睡状態の寺島につきそった轟には、やつの切羽つまった気持ちがよくわかった。

しかし、女が自分を愛していたのかどうかについてなど、結局は《証拠》を差し出せるわけがない。伸江が生きていることにすべきではないのかと、轟は思っていたのだった。

――だが、意外なことに寺島は、どう見ても轟ほどには驚いていなかった。先日山村が口にしたとおり、どこかでそのことを予測していたのだろうか。

「――そうかい」呟いてから、しばらくじっと目を閉じていた。「死んだときの、詳しい様子を教えてくれるか……」

「心筋梗塞《こうそく》だったそうだ。働いてた店のママさんがいい人でな、すぐに家族に連絡を取ってくれて、自分でも病院へ付き添ってくれた」

「――それじゃあ、やつはみんなに看取られて死んだのか」

「ああ」と嘘をつく山村を、轟はそっと見つめていた。

「寺島、お宝の在《あ》り処《か》を教えろ」

山村がいうと、寺島は弱々しく首を振りながらも、どこか不敵な笑みを浮かべた。

「やつが死んでたのなら、約束どおり、やつが俺に惚《ほ》れてたっていう証拠を見せてくれ。話は全部それからさ」

予想どおりの反応だった。

「証拠は、おまえがいちばんよく知ってるはずだ」

「どういうこったい?」いってから、寺島は咳《せ》きこんだ。「まさか、自分自身の気持ちに聞いてみろなんていうんだったら、願いさげだぜ」

山村は、寺島のほうに顔を近づけた。

「四日まえの夜だ。おめえのムショ仲間だった田崎淳也に会ってきたぜ」

「——田崎には手を出さねえっていったじゃねえか」

かすかな戸惑いが、寺島の頰に走った気がした。

「責めだてする気はねえっていっただけだぜ。ちょいと話を聞きにいっただけだよ」

山村は、ひと呼吸置いてすぐにつづけた。「おめえ、田崎に、仲江宛の伝言を頼んだそうだな。《信州へ墓参りに行け》と。教えろよ、信州の墓ってのは、何なんだ? おまえも仲江も東京の生まれだ。どうして信州に墓があるんだ。しかも、長野県警に応援を要請しておまえら名義の墓を探してもらったが、なかった。どういうことだい」

「——」

寺島の戸惑いが大きくなった。

「お宝の隠し場所は、仲江にも教えてなかったんだろ」山村がいった。「だが、おめえは自分の先がねえとわかって、田崎に頼み、それを仲江に告げようとした。それは、信州や墓参りという言葉で、仲江にだけは伝わる場所なんだろ。違うか」

轟は内心舌打ちした。やっぱり山村は人が悪い。ひとりで田崎に会いにいって、こんなに重要な情報を摑《つか》んでいたのに、自分の腹にだけ抱えこんでいたのだ！

「なあ、寺島よ。田崎が伸江と会ったのは、伸江が亡くなる十日ほどまえのことだったそうだ。伝言を聞いた伸江には、お宝を取りだす時間は充分にあった。もしもおまえをサツに売ったのが伸江で、しかもそれがおまえへの復讐《ふくしゅう》のためだったとしたら、当然お宝もまた、元の場所にゃあなくなってると思わねえか。お宝が元通りにあるのかないのか、隠し場所を俺たちに告げて調べるのが、おまえの知りたい証拠になるんじゃねえのかい」

寺島が山村の顔を見つめた。

いや、弱々しいながらも、睨《にら》みつけたのだということを、轟は一瞬後に気がついた。

「くそ、口車には乗せられねえぞ。このあいだはあんたらとぼけたが、やっぱり俺をパクったのは密告のせいだったんだな。それなら、俺にゃあわかるんだ。俺を売ったのは、伸江のやつさ。だからあの女は、同じ場所で暮らして俺を待ってることもなく、逃げるように住処《すみか》も変えていたんだ」

「違う」と轟が否定しかけるのを遮って、山村が口を開いた。

「今もまだあんときの密告の主は割れねえままなんだがな、俺もおまえと同じように、伸江がやったにちがいねえと思ってきたんだ」

寺島も、轟と同様に、呆然《ぼうぜん》とした様子だった。

「——なぜそう思ったんだ？」

「刑事の勘ってやつさ」

「くそっ。あの女め……」

いいかけるのを、遮った。

「だがな、それはおまえへの復讐のためじゃなく、ただ、おまえに死んでほしくなかったからだとは思えねえか」

「——けっ、どういう意味だい？」

「俺にもおまえにも、女心ってのはわからねえや。そうだろ、寺島。おまえにとっちゃあ、組の出入りのために命を張るのが当然でも、仲江には、それでおまえが死んじまうことのほうが、よほどえれえことだったのかもしれねえぜ。鈴村組が抗争に巻きこまれりゃあ、矢面に立つのは腰抜けの組長じゃあなく、九分九厘おまえだ。死ぬか、あるいは相手を殺して長い刑務所暮らしかのどっちかさ。それなら、詐欺で捕まってくれたほうがいい。そう思っておまえを売った。なあ、どうしておまえにゃそう思えねえんだ」

「——ヤマさん。あんた、本気でそう思ってるのか」

「俺らデカみたいな朴念仁《ぼくねんじん》が、女心を理解しようとするのに、あれから一年かかったぜ」

いったん言葉を切ったのちに、つづけた。

「どうだい、お宝の在り処を俺たちに教えて、仲江がそれを動かしたのかどうかを確かめてみちゃあ。死んでく人間にゃあ、金よりも、女の真心を知る証拠を見つけることのほうが、よほど大事なんじゃねえのかい」

車の無線を使用して、山村は本庁《オモヤ》の中本係長に連絡を取り、長野県警への応援を要請した。寺島博之がゲロしたお宝の隠し場所を調べるためである。

「それにしても、やっぱりヤマさんは人が悪いや。ぬけがけはしねえと約束したはずですよ。どうして田崎から聞いた墓の話を黙ってたんです」

轟はそう告げたが、恨みがましい気持ちはなかった。それに、なんとなくほっとしてもいたのだ。確認するまでは何ともいえないものの、おそらくお宝は今もまだ、そこに眠っているような気がした。

「どう思いますね？　ヤマさんは」

尋ねると、山村はたばこを抜きだしながら、春まだきの空を見上げた。

「偶然誰かが見つけてるんじゃなけりゃあ、今でもそこにあるかもしれねえな」

「――どういうことです？」

「田崎のやつはな、寺島から頼まれた伝言を、うっかりと仲江にゃあ教えるのを忘れちまってたんだ。俺に訊かれて、出所後であんまり浮かれてたんで仲江に会いにいくにはいったが、伝言のことは完全に忘れちまってたと頭を掻《か》いてたよ」

「――――」轟は、今度は胸の中で繰り返した。本当に山村は人が悪い。

「悪かったたな。おまえにまで隠してて。だが、おまえはゴリ押しの轟さんだ。なあ、轟よ。万が一、寺島の野郎に、ちょっとでも疑念を起こさせちまったらと思ってな。他人の気持ってのは、わからねえ。特にそれが女だったらな。人ってのは、自分の信じたいことを信じるのさ。それでいいじゃねえか。まして、これから死んでいく人間なんだぜ」

「――ええ」

「それよりも、俺にゃあ、このあいだ寺島がいってた言葉のほうが気になるよ。死を前にしてベッドに横たわっていると、東京のこんな空でも青く思えるのかねえ」

呟《つぶや》きながら吐きだした煙がひと筋、山村の口許から空へと溶けこんでいくのを、轟はじっと見つめつづけた。

あとがき

誰かのような小説を書きたいと思ったことは、一度もない。デビュー当時、『時よ夜の海に瞑《ねむ》れ』という最初の長篇が『深夜プラス1』へのオマージュであり、ハードボイルドに対して大変な拘《こだわ》りを持つ新人が現れたとさかんに書かれたが、実は『深夜プラス1』もギャビン・ライアルもその当時の私はまったく知らなかった。同様にレイモンド・チャンドラーもロス・マクドナルドも、きちんと読むようになったのは自分が物書きになってからのことである。

そんな私でも、ミステリー作家の先達でどうにもこうにも好きでたまらない作家が勿論《もちろん》いる。そんな中で、以前編集者をしていた頃に、どうしてもお目にかかりたくてならず、仕事にかこつけて会いに行ってしまったのが、都筑道夫さんと島田一男さんのおふたりだ。おふたりとももうこの世にはない。

都筑先生は当時、東中野に住んでいらして、会って戴《いただ》きたいと手紙を差し上げた若い編集者である私と、その駅前のドトールコーヒーで会ってくださった。確か二度目にお目にかかった時だった。「先生の仕事部屋は本がものすごいことになっていると伺ったのですが——」というようなことを申しあげたのを受けて、「見に来るかね」といってくださり、突然部屋までお邪魔したことがある。

その状況は確かにものすごいもので、どこもかしこも腰から場所によっては胸ぐらいの高さまで本が重ねてあって、隙間を迷路のように縫って行かなければ、窓際の机までたどり着くことが出来なかった。『風の街』という拙作に、あるホテルの部屋に長期で滞在し、その部屋を大量の本で埋め尽くして暮らしている「教授」というキャラクターが出てくるが、実はこの教授の部屋のイメージは、都筑先生の部屋から戴いたものだ。

先生は両国の「江戸東京博物館」をまだ御覧になったことがないとのことだったので、日を変えてお供をした。博物館にある江戸のミニチュアの町並みを、「なめくじ長屋」の作者と一緒に見られたのだから、編集者の役得をしみじみと思ったものだった。その日はやはり両国にあり、「鬼平犯科帳」の五鉄のモデルになったといわれる「かど家」を予約しておき、シャモ鍋《なべ》をつついた。かど家はまだ改装前で、まさに五鉄の二階の雰囲気が残り、私にとっては未《いま》だに忘れられない一夜である。

その都筑先生が、エッセイの中で、最初時代物を書かれた時、岡本綺堂《きどう》のような文体で大佛《おさらぎ》次郎のような話を書こうと思った、とされている。そんなふうに先達の文体や話の運びを意識して自分の作品を作るということが、このエッセイを拝読した頃の私にはどこかぴんとこなかった。それでもそう書かれていたことはずっと頭に残っており、やがて岡本綺堂を私が耽読《たんどく》するようになるのも、間違いなく都筑先生の影響だ。

さて、この『刹那の街角』というタイトルでまとめた連作シリーズを書いた時に、私の頭にあったのは、島田一男先生の「刑事部屋」や「事件記者」のシリーズである。そんなふうにどなたかの作品を頭に置いて自分の作品を書いたことは、今のところ後にも先にもこの連作だけだ。切れ味鋭い文章、くどく人間を描き込まない中で読者を魅了する登場人物たちの人間性、意外なストーリー展開と、島田先生の連作には数多くの魅力があり、今でも私にとっては連作短篇のひとつの手本に思える。

島田先生は、熱海《あたみ》のライフケアマンションに暮らしておられた。私はちょうど社の新雑誌創刊に伴ってその編集部へと引き抜かれ、文芸編集者ではなくなっていた頃だった。その雑誌は熟年層を対象にした総合誌だったので、「八十歳の人生観」といったテーマの特集を企画した中で島田先生に御登場願い、熱海までお訪ねして、あれこれお話を聞かせて戴いたのが最初だった。その後、機会を見つけては、二度ほどお訪ねした。前もって電話を入れると、「いいよ、おいで」という感じで会って戴けたのは都筑先生と同じであった。

今でもよく憶《おぼ》えているが、机の真ん中に綺麗《きれい》に原稿用紙が積み重ねてあって、毎日一定のペースで書いていらっしゃるとのことだった。あの時でも年に三、四作を文庫書き下ろしの形で出版しておられたはずだ。既に八十歳の御高齢だったことを思うと、その仕事ぶりに舌を巻く。私は文章の手直しが多く、手書きでは原稿用紙がほとんど真っ黒になってしまい、ワープロかパソコンがなければ小説が書けない口なので、原稿用紙に一定速度で文章を綴《つづ》っていけることが驚きでもあった。推敲《すいこう》についてお尋ねすると、各一枚の中で推敲を済ませつつ先に進める、ストーリー展開もまた、頭の中で思い描いているのとずれてきたと思ったら、書き進めながら修正を加えると、さすがに長年流行作家としてやっていらしたと思わせる明確な答えを頂戴《ちょうだい》した。

満州で新聞記者をされていた頃の思い出や、「事件記者」のテレビ放映終了後に年に一度開かれていた同窓会のエピソードなど、興味の尽きない話を伺っているうちに、いつでも時間はあっという間に過ぎた。

ところで、こうして会って戴いている間、結局私は両先生に、自分が小説を書いていると打ち明けることが出来なかった。お時間を取って会って戴いているのは、やはり自分が編集者だからだというプロ意識もあったが、それよりも大好きな作家に対して、自分もまた作家の端くれですと打ち明けて恥ずかしくないようなものを本当に書けているだろうかと自問した時に、まだまだ頷《うなず》くことが出来なかったというのが大きな理由だった。

その意味でいうと、私は仕事として編集者をしていたわけであり、今現在は作家をしているわけだが、自分が好きな作家に対しては、仕事を遥《はる》かに越えた憧《あこが》れがずっとある。だから編集者だった頃、時々編集者やライターで、自分が憧れる作家に自分の本を手渡し、「今度ちょっとこういうものを書きましたので、宜《よろ》しかったら読んでください」といった挨拶《あいさつ》をする人を目にすると、どうにも信じられない気がしてならなかったものだ。私にとって、憧れの作家とは、そんなふうに自作を差し出せないほどに遠い距離にいる特別な人であった。

都筑先生には、亡くなる同年に日本ミステリー文学大賞を受賞なさった時に私もパーティー会場を訪ね、香納諒一として御挨拶申し上げたが、結局島田先生には、香納諒一として御挨拶することは出来ず仕舞いだった。したがって『刹那の街角』を私が書いたことも、当然先生は何も御存じなかったはずだ。打ち明けておけば良かっただろうかという気もするが、そうして恥ずかしくないものかどうか、文庫化をするに当たって読み返してみても、それは今なおわからない。

　私は古いチャンバラ映画やアクション映画、それに昭和四十年代頃までに作られたテレビドラマを観るのが好きで、この本の解説を書いてくれた細谷正充氏の（悪）影響もあって、病膏肓《こうこう》にいる状態となっている。だからCS放送で、最近、「警視庁物語」や益田《ますだ》喜《きい》頓《とん》の「刑事物語」についで、島田一男原作の「事件記者」の映画版全十二作が放送されたことに喝采《かっさい》を送った。

　相沢キャップ（永井智雄）やベーさん（原保美）らのテンポ良いやりとりが醸す記者部屋の雰囲気がたまらない。他社の記者としてガンちゃんの呼び名で出演している山田吾一は、私が好きな名脇役のひとりだ。同じく他社の記者役の近藤洋介は、後に「暗闇仕留人」で胡桃《くるみ》割りの大吉を演じ、これまた私のお気に入りである。東宝版の「新・事件記者／殺意の丘」では、「七人の刑事」の芦田伸介がゲストで出て、さすがの持ち味を披露していた。

　ずっと時間が下り、倉本聰《そう》が脚本を書いた「大都会」の第一シリーズは、後のパート2や3と違って非常に渋いドラマであり、その設定は刑事の渡哲也に対して石原裕次郎や宍《しし》戸錠《どじょう》が新聞記者というものだったが、このドラマに私が魅せられた根っこも、やはり「事件記者」のテイストと共通するところがあるからのように思う。

こういう話を始めるときりがなくて終わらなくなるので、そろそろ筆を擱《お》かねばならないだろう。

二〇〇四年八月

香納諒一

解説

細谷正充

香納諒一の作品が読みたい。きりっと引き締まった短篇が読みたい。刑事の群像を描いた警察小説が読みたい。とにかく面白い小説が読みたい。もし、あなたの気持ちが、このうちのどれかひとつに当てはまるなら、迷わず本書を手に取って欲しい。本書は香納諒一の警察小説であり、同時に、きりっと引き締まった短篇をまとめた、とにかく面白い小説集なのである。

香納諒一は、一九六三年、横浜市に生まれた。早稲田大学第一文学部卒。出版社の編集者として働く傍ら、創作に勤《いそ》しみ、一九九〇年「影の彼方」が、第七回織田作之助賞に佳作入選。翌九一年には「ハミングで二番まで」で、第十三回小説推理新人賞を受賞。九二年に最初の長篇『時よ夜の海に瞑れ』（文庫化に際して『夜の海に瞑れ』と改題）を上梓《じょうし》して、本格的に作家活動を始める。以後『春になれば君は』『梟の拳』『風熱都市』『ただ去るが如く』など、佳作秀作を堅実なペースで発表する。また、短篇にも力を入れ、本書の他にも『雨のなかの犬』『深夜にいる』『天使たちの場所』『タンポポの雪が降ってた』など、数々の短篇集を上梓している。九九年『幻の女』で、第五十二回日本推理作家協会賞を受賞。これを機に出版社を辞め、専業作家になった。
『刹那の街角』は、警視庁捜査一課第三班、中本係長が指揮する通称《中本軍団》が、東京の空の下で繰り広げるドラマを描いた連作短篇集である。「野性時代」「小説NON」「小説宝石」の各誌に、一九九四年から九八年にかけて発表され、単行本は、一九九九年五月、角川書店から刊行された。ミステリーのジャンルとしては、警察小説ということができよう。現在の日本ミステリーでは、ひとりの刑事を主人公にした警察小説は多いが、刑事たちを群像として捉《とら》える警察小説はかなり少ない。もちろん作品の出来栄えが優れていることが前提であるが、その意味でも、貴重な一冊なのである。
本書の内容に触れる前に、まずは《中本軍団》の面々を紹介しよう。

中本係長――警部補。《中本軍団》のリーダー。扇子がトレードマーク。
庄野部長刑事――中本を補佐する、軍団のお目付け役。
山村刑事――はち割りの名人といわれるベテラン刑事。軍団の懐刀。
轟刑事――堀江の兄貴分。堀江に捜査の細かいイロハを叩《たた》き込む。
堀江刑事――刑事部屋二年目のルーキー。

以上の五名が、各話でそれぞれ主役を務めている。ただ、堀江刑事の出番が多く、ルーキー刑事の成長物語の側面があることを、見逃してはならないだろう。冒頭の「エールを贈れ」は、その堀江刑事が主人公だ。

堀江の大学時代のボート部の友人・霧島則夫が殺人容疑で取り調べを受けていた。被害者はサラリーマン金融社長の森本直子。頑《かたく》なに黙秘する霧島は、堀江を呼び、アリバイがあることを打ち明ける。ホテルで、やはり大学時代のボート部にいた河林太郎に出くわしたというのだ。他班の事件と承知の上で、独自の調査を始めた堀江に、庄野部長刑事は「てめえが辛くなる覚悟を決めろってことだ。デカってのは、てめえの友人やら知り合いが絡んだヤマにゃあ手を出すべきじゃねえんだ」と、忠告をする。それでも真実を追う堀江に、変わってしまったかつての仲間の姿と、苦い結末が待ち構えているのだった。

本書の収録作品は、発表順に並んでいるわけではない。最も古い作品は「知らすべからず」で、「エールを贈れ」はシリーズ四本目となる。だが、本作を冒頭に持ってきたのは正解だろう。まだ捜査一課の雰囲気に慣れていない堀江刑事の視点で物語が進むことで、読者も《中本軍団》の中に、すっと入っていくことができるのだ。発表年代と収録順番を調べることで、見えてくるものもある。いささかマニアックではあるが、これも短篇集の楽しみのひとつであることは間違いない。

また、堀江・霧島・河林という、かつての友人たちのバラバラの境遇を交錯させることによって、堀江が刑事である自分を苦味と共に再認識するラストも素晴らしい。冒頭を飾るに相応《ふさわ》しい一篇だ。

続く「知らすべからず」は、誘拐事件の身代金を運んでいる途中の男が、轢《ひ》き逃げの被害に遭い死亡するという、発端が秀逸だ。こちらの主役は、中本係長と庄野部長刑事。人質の命を気にしながら被害者の身元を捜すデッド・リミット物の緊迫感と、二転三転する意外な展開がポイント。ミステリーのサプライズが味わえる、本書の中で最もトリッキーな話である。

以下、タレ込み屋の奇妙な依頼が殺人の真相を暴く、表題作の「刹那の街角」。定年退職した《中本軍団》の元同僚が殺される「捜査圏外」。新米の女事件記者に追い掛けまわされた中本係長が、酸いも甘いも嚙《か》み分けたプロフェッショナルの姿を見せる「女事件記者」。轟刑事と堀江刑事が、不審な行動をとる前科者の意外な真実を知る「十字路」。は ち割り名人の山村刑事が、いぶし銀の魅力を発揮する「証拠」と、一話ごとにさまざまな工夫と技巧が凝らされており、どれも読みごたえあり。バラエティに富んだ、刑事たちの物語がたのしめるのだ。

さらに「刹那の街角」「十字路」「証拠」が、刑事ドラマであると同時に、社会のアンダーグラウンドで生きる男たちのドラマになっていることも留意したい。タレ込み屋、前科者、犯罪者。刑事たちが発見する、彼らの純情は、切なく悲しい。一瞬だけ浮かび上がる、男たちの人生の真実を描き出す、作者の手練は鮮やかだ。

ところで「十字路」に出てくる信用金庫が、江戸川信用金庫というのは、江戸川乱歩が『十字路』という作品を執筆していることを踏まえての洒落《しゃれ》であろうか。香納諒一という作家は、たまに知らん顔して、こういうお遊びをやってくれる。なかなか油断がならないのである。

いや、それにしても、本当にどの物語も出来がいい。小股《こまた》の切れ上がった短篇という表現が正しいかどうかは知らないが、そういいたくなるほど、短い枚数に中にひとつの世界を創造した、シャープな作品ばかりなのだ。

マグロの最高に美味《うま》い肉の部分は、ほんの一握りしかなく、それを的確に探り当て取り出すのも料理人の腕だという。短篇小説を書く作家も、同じなのだろう。無駄な枝葉を極限まで刈り取り、一言一句、揺るがせにできないところまで言葉を絞り込んだとき、初めて〝珠玉〟の短篇が生まれるのである。

そして、それを可能にしているのが、作者の言葉に対する鋭敏な意識だ。長篇と短篇を読み比べると分かるのだが、短篇作品の方が、短いセンテンスの文章が多用されているように感じられる。これが短篇ならではの、独特のリズムとなっているのだ。たとえば「十字路」のラスト三行はどうだろう。

チューインガムを口に投げいれた。
背中を丸めてコートの衿を立てた。
ただ、黙々と、歩くしかなかった。

等間隔で時を刻むメトロノームのように、リズミカルで気持ちいい文章ではないか。い

った い作者は、この切り揃えた三行を書くために、どれほどの時間を費やしたのだろう。そう思わせるだけの、磨き抜かれた文章だ。しかもこれは、ほんの一例に過ぎない。作品の内容はもちろんだが、文章も一緒に味読していただきたいものである。

さて、真面目な話はこれぐらいにして、ここから先は余談にしたい。本書収録作のうち、「十字路」「エールを贈れ」「捜査圏外」の三作が、「火曜サスペンス劇場」でテレビ・ドラマ化されたことを、読者諸兄はご存じだろうか。それだからというわけではないが、私は本書に、かつてテレビで放送されていた刑事ドラマの匂いを感じる。『太陽にほえろ!』『夜明けの刑事』『特捜最前線』……。一九六三年に生まれ、子供の頃から、刑事ドラマ・私立探偵ドラマ・時代劇を浴びるように見ていたという作者が、警察小説を書こうと思ったとき、先に挙げたような刑事ドラマを必ずや頭の隅に置いていたはずである。一時間という枠組みの中で、濃密なドラマをカッチリと創り上げていた、あの頃の刑事ドラマ。それを作者は、小説で再現しようとしたのではないだろうか。作者と同じ年に生まれ、やはりテレビ・ドラマを浴びるように見ていた人間の妄想と、笑わば笑え。私は、そう信じているのだ。

二〇〇四年現在、作者は長篇三つを並行連載している。本書が刊行される頃には、さらにもうひとつ、連載が増える予定だという。それはそれで嬉《うれ》しいのだが、短篇作品の執筆も忘れてほしくないものだ。《中本軍団》第二期シリーズなど、どこかで始めてくれないだろうか。実はこの解説を書くために本書を読み返していたら、堀江刑事が、いつかチューインガムを嚙むのをやめて、煙草を吸うようになるのか、気になってならないのである。あるいは、いつまでもチューインガムを嚙み続けるのか。それが今、一番に知りたいことだったりする。

初出

エールを贈れ　野性時代　一九九五年十二月号
知らすべからず　野性時代　一九九四年八月号
刹那の街角　小説宝石　一九九八年一月号
捜査圏外　野性時代　一九九五年六月号
女事件記者　野性時代　一九九五年九月号
十字路　野性時代　一九九六年三月号
証拠　小説ＮＯＮ　一九九七年四月号

単行本　平成十一年五月小社刊

刹《せつ》那《な》の街《まち》角《かど》

香《か》納《のう》諒《りよう》一《いち》

角川文庫 13487

平成十六年九月二十五日　初版発行

発行者――田口惠司

発行所――株式会社角川書店
東京都千代田区富士見二―十三―三
電話　編集(〇三)三二三八―八五五五
　　　営業(〇三)三二三八―八五二一
〒一〇二―八一七七
振替〇〇一三〇―九―一九五二〇八

印刷所――暁印刷　製本所――コオトブックライン

装幀者――杉浦康平

か 24-6　ISBN4-04-191106-0　C0193

角川文庫発刊に際して

角　川　源　義

第二次世界大戦の敗北は、軍事力の敗北であった以上に、私たちの若い文化力の敗退であった。私たちの文化が戦争に対して如何に無力であり、単なるあだ花に過ぎなかったかを、私たちは身を以て体験し痛感した。西洋近代文化の摂取にとって、明治以後八十年の歳月は決して短かすぎたとは言えない。にもかかわらず、近代文化の伝統を確立し、自由な批判と柔軟な良識に富む文化層として自らを形成することに私たちは失敗して来た。そしてこれは、各層への文化の普及滲透を任務とする出版人の責任でもあった。

一九四五年以来、私たちは再び振出しに戻り、第一歩から踏み出すことを余儀なくされた。これは大きな不幸ではあるが、反面、これまでの混沌・未熟・歪曲の中にあった我が国の文化に秩序と確たる基礎を齎らすためには絶好の機会でもある。角川書店は、このような祖国の文化的危機にあたり、微力をも顧みず再建の礎石たるべき抱負と決意とをもって出発したが、ここに創立以来の念願を果すべく角川文庫を発刊する。これまで刊行されたあらゆる全集叢書文庫類の長所と短所とを検討し、古今東西の不朽の典籍を、良心的編集のもとに、廉価に、そして書架にふさわしい美本として、多くのひとびとに提供しようとする。しかし私たちは徒らに百科全書的な知識のジレッタントを作ることを目的とせず、あくまで祖国の文化に秩序と再建への道を示し、この文庫を角川書店の栄ある事業として、今後永久に継続発展せしめ、学芸と教養との殿堂として大成せんことを期したい。多くの読書子の愛情ある忠言と支持とによって、この希望と抱負とを完遂せしめられんことを願う。

一九四九年五月三日

◆◆◆ 角川文庫 ◆◆◆

ただ去るが如く

香納諒一

気鋭が放つ、鮮烈なピカレスク。

ISBN4-04-191105-2

組織を捨て、世間からもはぐれた男が、
冷たい炎を胸に三億円強奪に挑む。
寡黙な狼たちの肖像。

ISBN4-04-191103-6

角川文庫ベストセラー

牌《パイ》の魔術師　阿佐田哲也

終戦間もない昭和二十年代の巷では、驚異的な技術を誇るプロのイカサマ師たちが、悪魔のような腕を競い合っていた。勝負の醍醐味満載の名作。

次郎長放浪記　阿佐田哲也

ギャンブル小説・時代小説の魅力をぶんだんに盛り込みつつ、独特の乾いた文体で描き切った阿佐田版〝清水の次郎長〟登場！

人斬り半次郎（幕末編）（賊将編）　池波正太郎

鹿児島藩士から〈唐芋〉と蔑称される郷士の出ながら、西郷に愛され、人斬りの異名を高めてゆく中村半次郎の生涯を描く。

にっぽん怪盗伝　池波正太郎

闇から闇を風のように駆け抜ける男たち。江戸爛熟期の市井の風物と社会の中に、色と欲につかれた盗賊たちの数奇な運命を描いた傑作集。

堀部安兵衛（上）（下）　池波正太郎

「世に剣をとって進む時、安兵衛どのは短命であろう。」果して、若い彼を襲う凶事と不運。青年中山安兵衛の苦悩と彷徨を描く長編。

近藤勇白書　池波正太郎

「誠」の旗の下に結集した幕末新選組の活躍の跡を克明にたどりながら、局長近藤勇の熱血と豊かな人情味を浮き彫りにする傑作長編小説。

闇の狩人（上）（下）　池波正太郎

盗賊の小頭・弥平次は、記憶喪失の浪人・谷川弥太郎を刺客から救うが、その後、失った過去を探ろうとする二人に刺客の手がせまる。

角川文庫ベストセラー

蓮如物語　五木寛之

最愛の母と生別した幼き布袋丸。別れ際に残した母のことばを胸に幾多の困難を乗り切り、本願寺を再興し民衆に愛された蓮如の生涯を描く感動作。

命甦《よみがえ》る日に
生と死を考える　五木寛之

梅原猛、福永光司、美空ひばり―独自の分野で頂点を極めた十二人と根源的な命について語り合う。力強い知恵と示唆にみちた生きるヒント対話編。

人生案内
夜明けを待ちながら　五木寛之

職業、学校、健康、夢と年齢、自己責任、意志の強さ弱さ――私たちの切実な悩みを著者がともに考え、答えを模索した人生のガイドブック。

風の記憶　五木寛之

髪を洗う話、許せない歌、車中ガン談――旅する日々、思い出の人びと、作家作品論、疲れた心にしみ通る思索とユーモアにみちた珠玉エッセイ。

青い鳥のゆくえ　五木寛之

見つけたと思うと逃げてしまう青い鳥、永久につかまらない青い鳥。そのゆくえを探して著者は思索の旅に出た。童話から発する、新しい幸福論。

烙印の森　大沢在昌

犯行後、必ず現場に現れるという殺人者〝フクロウ〟を追うカメラマンの凄絶なる戦い！　裏社会に生きる者たちを巧みに綴る傑作長編。

追跡者の血統　大沢在昌

六本木の帝王・沢辺が失踪した。直前まで行動を共にしていた悪友佐久間公は、その不可解な失踪に疑問を抱き、調査を始めるが……。

角川文庫ベストセラー

夜光虫　馳　星周

再起を賭け台湾プロ野球に身を投じた加倉は、マフィアの誘いに乗り、八百長に手を染めた。人間の根元的欲望を描いたアジアン・ノワールの最高峰。

重金属青年団　花村萬月

ヤク中で慢性自殺志願者。浅草置屋の文学少女。社会不適合の若者たちが刺激を求め、快楽を貪る為に北へ——。救いのない魂の行方は……。

ヘビィ・ゲージ　花村萬月

マンハッタン・レノックスのスラムで薬漬けになった伝説のブルースギタリストとの濃密な時……。熱く、切なく、ブルージィな物語。

永遠《とわ》の島　花村萬月

日本海中央に位置する匂島近海で、不可思議な事件が多発。この事件に強く惹かれた洋子はZナナハン改を駆り調査にのり出すが…。

ブルース　花村萬月

巨大タンカーの中で、ギタリスト村上の友人・崔《さい》は死んだ。崔を死に至らしめたのはヤクザの徳山だった。それは徳山の、村上への愛の形だった……。

イグナシオ　花村萬月

施設で育ったイグナシオは、友人を事故に見せかけ殺害した。現場を目撃した修道女・文子は彼の将来を考え口を噤む。彼は文子に惹かれていき……。

ジャンゴ　花村萬月

天才ギタリスト、ジャンゴ・ラインハルトに魅せられた沢村は、表現豊かなピッキングでファンに支持されていた。ある日薬に手を出した沢村は……。

角川文庫ベストセラー

友よ、静かに瞑《ねむ》れ　北方謙三

男は、かつて愛した女の住むこの町にやって来た。古い友人が土地の顔役に切りつけ逮捕されたのだ。闘いが始まる…。北方ハードボイルドの最高傑作。

遠く空は晴れても　北方謙三

灼けつく陽をあびて、教会の葬礼に参列した私に、渇いた視線が突き刺さった。それが川辺との出会いだった。ハードボイルド大長編小説の幕あけ！

たとえ朝が来ても　北方謙三

女たちの哀しみだけが街の底に流れていく――。錆びた絆にさえ、何故男たちは全てを賭けるのか。孤高の大長編ハードボイルド。

冬に光は満ちれど　北方謙三

報酬と引きかえに人の命を葬る。それを私に叩き込んだ男を捜すため私はやって来た。老いた師に代わり標的を殺《や》るために。孤高のハードボイルド。

死がやさしく笑っても　北方謙三

土地の権力者の取材で訪れた街。いつしか裏で記事を買い取らせていたジャーナリスト稼業。しかしあの少年と出会い、私の心に再び火がつく！

いつか海に消え行く　北方謙三

妻を亡くし、島へ流れてきてからの私は、ただの漁師のはずだった。「殺し」から身を退いた山南の情熱に触れるまでは。これ以上失うものはない…。

秋ホテル　北方謙三

三年前に別れた女からの手紙が、忘れていた何かを呼び覚ます。薬品開発をめぐる黒い渦に巻き込まれた男の、死ぎりぎりの勝負と果てなき闘い。